文春文庫

白仏

辻 仁成

CW01270037

亡き祖父に捧げる

白仏

鉄砲屋江口稔《えぐちみのる》の眼球は、澱《よど》んだ空の果てより島の上に降り注《そそ》ぐ一条の光を確かに見ていた。記憶に焼きついた懐かしい景色に稔は最後の思いを馳《は》せていた。

筑紫《ちくし》平野の端に位置し、筑紫次郎と呼ばれる筑後川《ちくごがわ》に浮かぶ大野島《おおのじま》の上空を、穏《おだ》やかに横断する南風《はえ》は、島を覆《おお》う青々とした稲穂を遠方より波うたせ、島自体がまるで意志を持った生き物であるかのようにうねらせた。その馴染《なじ》みのある光景は、数限りなく見てきたというのになぜか稔を物悲しくさせる。しかしその切なさも、まもなく干《ひ》からびて、視界は周辺から黒ずんでいった。

鉄砲屋稔は顎《あご》を上げ、眼球の奥底に力を込めた。目眩《めまい》に襲われ、同時にあの白い仏が意識の境目に姿を現す予感が心を掠《かす》めた。

「ああ」

と人々の声がし、同時に光が閉ざされていった。稔は鼻や開ききった口から伸びた管《くだ》を引きずるようにしながら顎を上げた。ベッドの錆《さ》びついたスプリングが耳障《みみざわ》りな音を上げた。

「鳩ばい」

また声がした。それが誰の声かはもう区別がつかなかった。稔は呼吸を激しく繰り返しながら、病室の窓一面に確かに鳩が舞い降りるのを見た。鳩の群れが天井まで伸びる細長い窓を覆い、光を食べ尽くそうとしていた。

病室はふいに薄暗くなり、時間を遡《さかのぼ》りはじめた。脳の奥が引っ張られたような鈍い痛みに見舞われ、意識が覚束《おぼつか》なくなった。妻ヌエや兄弟親戚の他に、自分の五人の子供たちとその十五人の孫たちの、稔を必死で呼ぶ声がするが、それはもやもやとしてあまりにも遠かった。

目をこらすと長女倫子《りんこ》の顔がどうにか見えた。倫子は口を真一文字に結び、瞳を潤《うる》ませながら稔の手を握りしめた。なのに稔は倫子の体温を感じ取ることができなかった。

体中に管が刺さり、人工的な液体が体内に流れ込んでいた。想像するだけで我慢ならなかった。

「点滴を止めてくれんかのい」

未練などなかった。やるべきことをし終えた満足感によって、かろうじて自分が今生かされていることを稔は知っていた。家族は医者に、点滴を止めたら二十分の命であることを言い渡され、決断を迫られていた。

「よかとね」

倫子が稔の耳許《みみもと》で問うと、

「はずしてくれたら楽になれそうやけん」

と鉄砲屋江口稔は答えた。倫子は家族親族の顔を見回し暗黙の了解を取ってから、枕許に立つ医者に頷《うなず》いた。

「きよみしゃんはどげんね」

稔は最後の力を振り絞ってそう聞いた。倫子は、おっつぁんは昨日逝《ゆ》きなさった、と正直に告げた。稔は大きく頷いた。いっそうの覚悟が出来た。

おとうさん。息子たちが叫ぶ。誰もが声を出して泣きだした。稔は霞《かす》む視界の先へ向けて手を伸ばした。その手を息子、娘たち、孫たちが次々に握りしめたが、それらが誰のものか稔には識別する力は残っていなかった。ただ強く引っ張られるたび、これまでの生への感謝がどこからともなく胸に打ち寄せてきては穏やかにつのっていった。

「足の方からお迎えがきたごたる。触ってみんか」

倫子は慌てて稔の足に触れた。既に両足に体温はなく、鉱物のように冷えはじめていた。稔は今こそ自分がこの世界から離脱する時であることを認めた。死を直視できることを感謝していた。意識が遠のきはじめる。子供たちや、孫たちの間に長く連れ添った女の顔を探した。

「ヌエ」

呼びかけるとぼやけた視界の奥より小さな影が現れた。手を伸ばしたが言葉は出なかった。ヌエも静かに稔の手を取っただけであった。稔はまっすぐヌエの眼球を覗《のぞ》き込んだ。その僅《わず》かに潤んだ球体の中を、稔の歩いてきた人生の場面が折り重なりながらも駆け足で過《よぎ》っては消えていった。

シベリアの根雪を踏む歩兵部隊の足音が遠くから聞こえた気がした。彼の頭には厳しい形相で命令する将校の甲高《かんだか》い声や、炸裂《さくれつ》する爆弾の炎が立ち現れてはそれもまた次々に消えていった。遮《さえぎ》るもののない空を行く、形を決して止《とど》めない雲の流れや、火葬場からたゆたう紫の煙、筑後川の黒々とした力強い蛇行《だこう》、川面《かわも》の輝かしい光の反射などを、どこか果てしのない高所から俯瞰《ふかん》することができるこのとてつもなく冷静な意識こそが、恐れながらも憧れた死の感覚であるのか、と思った。立て続けに現れては消える残像の閃光に身を委《ゆだ》ねつつも、ああ、と意味のないため息が漏《も》れた。その時、窓に張りついていた鳩たちが一斉に羽ばたき、ガラスを叩きはじめた。中心から解《と》けるように崩れた闇とは対照的に、光は人の輪郭《りんかく》をそこに描き、病室の窓には再びかつての明かりが戻って、鉄砲屋稔は尊い姿を見つけるのだった。

おとわしゃんか――

稔は心の中で呟《つぶや》いた。

迎えに来てくれたとかのい――

時間がゆるやかな流れへと推移《すいい》し、意味を失い、まもなく止まろうとしている。窓中を覆っていた無数の鳩たちはそのとき鉄砲屋稔の魂を天に運びあげる使者へと代わり、残された肉体は、大野島の島民が完成を待つ、あの白い仏像を静かに拝むこととなった。

第一章

1

「みのるしゃん」

生い茂る葦《あし》の向こうから声が弾《はじ》け、ヒキガエルの肛門に爆竹《ばくちく》を詰め込んでいた稔と隼《はや》人《と》と鐵造《てつぞう》が振り返ると、背丈の倍ほどもある葦をかき分けて、火葬場守の息子清美《きよみ》が顔を赤らめ飛び出してきた。大きな縁《ふち》の黒い眼鏡を掛けた鐵造が急いで絣《かすり》の着物の袖からマッチを取り出し、稔が考え出したヒキガエル爆弾の導火線に引火させると、走ってきた清美目がけてそれを放り投げた。ヒキガエルは四、五メートル先の空中で破裂し、内臓や血が飛び散り、避けようとした清美は足を取られぬかるみに尻餅《しりもち》をついてしまった。

「日本がロシアを破ったげな」

清美は大声を張り上げた。笑っていた稔の口許《くちもと》が固まる。用水路沿いに群生している葦が風で靡《なび》き、かさかさと音をたてて少年たちの心を煽《あお》った。清美は興奮しすぎて力が入り、次の一言をすぐには紡《つむ》げず口許を凍らせた。

「バ、バルチック艦隊を日本艦隊がやっつけたらしか。さっき役所の人から聞いたっておとっつぁんが言っとった」

ほんなこつか。稔は思わず数歩前へ出た。おお、と清美の声が震える。

稔はその場にじっとしておられず駆けだした。田んぼの畦道《あぜみち》は曲がりくねりながらも葦原を力強く横断している。稔の裸足《はだし》がぬかるみの飛沫《しぶき》を空高く撥《は》ね上げた。道の左右から撓《しな》る葦の鋭角な先端が、微妙に上空でぶれた。辺《あた》りの音が消え、逆に心臓が肉体の内側から力強く鼓動する音がした。眼球だけが冷静に世界を眺めていた。もっとも、幼い稔にとって世界とは、周囲十キロにも満たないこの島の中だけであった。

二万年前、有明海《ありあけかい》は瀬戸内海と繋《つな》がっており、九州は南北二島に分かれていた。阿蘇火山の大爆発による噴出物で両島間の水道が埋まり、九州は一つとなった。阿蘇久住山《くじゆうさん》より流れ出る水を集めて筑後川がはじまり、その流れは有明海に注いだ。大野島は戦国時代まではまだ海の底にあった。戦国末期、享禄天文《きようろくてんぶん》の頃、筑後川の河口に徐々に潟《かた》がつき、それが次第に三角州を形成し、元亀天正《げんきてんしよう》の頃にはそこに葦が生えた。

慶長六年春、一六〇一年に筑後の津村三郎左ヱ門によってこの潟は開拓が開始された。

同じ頃、島の西を流れる早津江川《はやつえがわ》の対岸である肥前佐賀藩も干拓に着手し、一時は領有を巡る争いが絶えなかったが、正保《しょうほう》元年、一六四四年に至って立花藩、鍋島藩の間に和議が成立して境界が確定した。廃藩置県以降も、境界線はそのままに、それぞれ福岡県と佐賀県の管轄に分かれた。

当時の開拓は鋤鍬《すきくわ》一本で切り開く、人間の力だけによる命懸《いのちが》けのもので、洪水台風高潮が起こるたびに、土居《どい》は切れ田畑や家が流され、人や馬も死んだ。元和《げんな》元年開拓地の北は大野島、南は大詫間《おおたくま》と名づけられ人々はこの頃より多く移住するようになる。稔の祖先もその中にいた。

筑後川の最下流の、有明海に接するこのもっとも大きな河口の島を、幼い稔は走っていた。眼球は、赤々と燃える、ヒキガエルの血がこびりついたような空の最果てを必死で見つめようとしながら。

2

鉄砲屋稔はその頃から日に何十回と既視感《きしかん》を経験していた。尤も、彼の生涯にそれが途切れることなく起こったわけではない。物心がついた頃から二十代の半ばまでが最盛期で、その後は徐々に少なくなっていった。しかし命が尽きようとしている今、彼はいつかどこかで見たことがあるような記憶の、かつてないほど大きな波の上を、行きつ戻りつしていた。

少年稔は既視感を当然の生理現象として、例えば欠伸《あくび》や睡魔と同じように、生まれつきの身体的感覚として自然に受け入れていた。既視感が起こる直前には、視覚神経が引っ張られるような緊張が起こった。そのせいで稔の目は一点で静止したまま動かなくなった。幾つかの記憶がそこで交差して、スパークを起こすような時もあり、それは激しい目眩を誘い、幻視かと思わせる視界のぶれを起こさせることもあった。稔は葦のトンネルを疾走しながら、途切れることのない既視感に見舞われていた。こうやってかつても駆けていた。それはいつのことだろう。随分と昔のようでもある。記憶よりずっと以前のこと……

3

稔の父親長四郎は最初から鉄砲業に関わっていたわけではない。島で唯一の刀鍛冶《かたなかじ》だったが、先祖は大昔、島の開拓に従事した地侍《じざむらい》であった。それが明治の時代になり、日本が世界の列強の仲間入りを目指しはじめた頃から鉄砲の先端につける銃剣の製造を専門で請け負うようになった。

作業場の薄暗がりの中で、長四郎は鉄製の鎚《つち》を振り上げた。長四郎の妻金子が鞴《ふいご》の把手《とって》を押したり引いたりしながら風を鉄床《かなとこ》の上に注ぐと、赤々と燃え上がる鉄は命を帯《お》びたようにそこだけ闇の中で明滅し、長四郎の筋肉を赤く縁取っては浮きだたせた。長四郎が振り下ろした鎚が鉄を弾き、大きな音とともに火花が散った。

「いし、石太郎な」

ふいに母親は叫んだが、次の瞬間、長四郎は嘆息をつくと同時に持っていた鎚を床に放り出した。三人は眼球だけを動かしてそれぞれの顔色を用心深く覗きあった。また覚えのない記憶がどこからともなく滲《にじ》み出してきた。この光景を前にも見たことがある。それがいつか分からないので稔は戸惑った。

「よく見んといかんばい。あれは石太郎ではなか。稔ったい」

母親の瞳に止まった光が、ふいに色褪《いろあ》せて闇の中へと落ち込んでいくのが分かった。稔はじっと母親を見た。母親はもう稔を見ていなかった。稔は母親の眼球の奥底に、筑後川の暗緑色の水面を見ていた。青白い少年の手が川面から生え、弱々しくゆっくりと手招きをしていた。

長四郎は稔の方に向かって、どこさん行っとった、と声を荒《あら》らげた。大声を張り上げることで陰鬱《いんうつ》な気配を紛《まぎ》らせるかのように。それから顎をしゃくり、鞴の操作を母親と代わるように、と促《うなが》した。鍛冶屋の仕事を嫌う稔の兄たちの姿はなかった。

「日本がバルチック艦隊ばやっつけたって、ほんなこつやろか」

稔の心臓はまだ落ちつかなく脈打っていた。長四郎はそれには答えず、腰を屈《かが》めて鎚を拾うと、そら、と六尺もある長方形横型の木箱へ視線を移した。稔は母親に代わって鞴の横にしゃがみこむと、把手を勢いよく押した。それから反動をつけてそれを今度は引いた。そうすることで、箱の中の気密のピストンが動き、風を押し出す仕組みだった。鎚をうち下ろすほどの重労働ではなかったが、まだ七歳の稔には力のいる仕事であった。しかし稔は十歳以上も離れた上の兄たちとは違い、骨の折れる刀鍛冶の単調な仕事にも不平を漏らさず、幼いながら日本刀の製造工程を父から教わって、兄弟の中では一番家のために尽くした。

長四郎の腕が振り下ろされた。再び赤々と勢いを取り戻した鉄が激しい音を響かせた。真っ赤な閃光が飛び散る。稔は日本海の荒波の上で向かい合い砲撃を繰り返すロシアと日本の軍艦の勇姿に想像を巡らせながら、その心熱をまっすぐに鞴の把手に傾け続けた。

4

少年たちの話題はそれから暫《しばら》く尽きなかった。日本海海戦での東郷平八郎の沈着大胆さについて。あるいは黄色人種が初めて白人を打ち破った快挙について。旗艦三笠《みかさ》の艢《しょう》頭《とう》に掲げられた、皇国ノ興廃《こうはい》此ノ一戦ニアリ各員一層奮励努力セヨ、と令する信号旗について、思いは次々に飛び交《か》いどれも彼らの心を焦《こ》がしつづけた。

少年たちは、大野島の柔らかい地面を海戦の行われた対馬《つしま》沖に見立て、そこにこぶし大の石を戦艦のように二列に配置しては、新聞の号外が伝えた勝利を再現し、枯れ枝を振り回し、歓喜の声を発し続けた。彼らは男らしさを口々に唱え、日本軍の勇猛果敢を誇りあった。

清美への苛烈な体罰が始まるのはやはり少年たちが、男らしさを口にしだしてからの事だった。気弱な清美へと苛《いじ》めは集中した。清美は太っていて動きも鈍く、それに吃音《きつおん》だった。清美が口籠《くちご》もるたびに、少年たちは面白がって彼をからかった。

稔はどちらかと言えば傍観者の立場にあり、男らしさを教えてやると腕白な隼人と鐵造が執拗《しつよう》に清美を追い回す時も、大抵《たいてい》は見て見ぬふりをした。清美が逃げれば逃げるほど二人はいい気になり、背後から殴ったり、蹴ったり、石を投げたりした。それでも仲間から抜けることなく、嫌々ながらもいつものこのこ殴られにやって来る清美の性格が、稔には理解できず不満であった。

少年たちは、勇敢という眩《まぶ》しい言葉に次第に捕らえられていったが、中では冷静だった稔でさえも、時々内側から破壊的な衝動が起こり、救いを求めてくる清美を不意に力一杯殴りつけてしまうことがあった。

「よかか、これから大詫間《おおたくま》さん攻撃ばかくっぞ」

ある日少年たちは勇ましさを試すために島の佐賀県側に攻め入ることとなった。大詫間は島の南側にあたり、一本の往還《おうかん》を境に大野島と接していた。有明海側に位置する大詫間の本格的な干拓は、大野島より数十年遅れた。大量の農民が入植したのは元禄《げんろく》三年、一六九〇年頃のことであった。鍋島藩の領土だったこの地の若者ともともと立花藩に属していた大野島の若者はその頃より何かと競いあっては争い、揉《も》め事が絶えなかった。歴史的対立はそのまま、大人たちの経済的対立へと影響を及ぼし、隣り合わせに暮らす二つの村の精神的亀裂は、長いことこの一卵性双生の島を煩《わずら》わせ続けた。

少年たちが大詫間へと侵入し、同じ年頃の連中と一戦交えることは、上の世代の受け売りに過ぎず、年長の青年たちが毎週末に繰り返している喧嘩の真似で、手っとり早いにある県境を越えた。

勇気の立証でもあった。少年たちは各々《おのおの》木切れや石ころを握りしめて、佐賀県との県境にあたる往還を越えた。

佐賀県とはいえ、同じ小さな川中島のこと、親戚も多く、稔たちにとっては普段から見慣れた土地だった。上級生たちがいつも喧嘩をしている川原の葦辺で少年たちは敵を待つことにした。雲がどんよりと頭上を覆っていた。湿った風が肉体に絡み付いていっては時折固い雫《しずく》が頬を打った。生い茂る葦の陰に隠れ、同世代の敵が通りかかるのをじっと待った。少年たちの敵意だけが剝《む》き出しになって沈黙と緊張と期待が交錯《こうさく》していった。

太陽が傾きはじめた頃、川原の先より人影が現れた。それは小動物のように黒い、つたない歩きの子供であった。少年たちははち切れそうな忍耐を発散させるかのように、迷わず木切れを高々と持ち上げては奇声を発し一目散に駆けだした。旅順二〇三高地での日本軍の戦闘を頭の中に描かない者はいなかった。

小さな黒い影は少年たちの来襲に気がつき、慌てて踵《きびす》を返したが、足許が乱れ、両手一杯に抱えていた木炭はこぼれ落ち、ぬかるみに引っ繰り返ってしまった。霧雨が冷たく少年たちの頰を打った。稔は瞼《まぶた》を細めながら、彼らの先頭を切って、真っ先に路上にうずくまった黒い子供に飛びかかった。持っていた木切れを振りかざそうとしてはじめて、稔はそれが少年ではなく自分たちと同じ年頃の少女であることに気がついた。真っ黒な顔をしていたが、確かに女の子だった。体は栄養の足りない猫のように、げっそりと窶《やつ》れ、皮膚はかさかさとささくれだっていた。

「おなごたい」

稔に追いついた少年たちは腰を屈め、少女を覗き込んだ。稔が摑《つか》んでいた少女の胸ぐらから手を離すと、泥にまみれた少女はすばやく胸許を手で隠した。鐵造が、ちっ、と舌打ちした。隼人がしゃがみこんで恐怖を隠さない少女のちぢれた髪の毛を摑んだ。

「ほんなこておなごかな。こげん黒かおなご、おれは知らん」

そう言って少女の胸をまさぐった。

「おなごやなかばい。見てんのい、乳んなかばい」

少年たちは笑いあった。霧雨が次第に本降りとなった。辺りは日暮れとともにぼんやりと暗く沈み込んでいった。颪も強まり、肌寒さが増した。

その時隼人が清美の背中をつつき、しょんべんばひっかけんね、と全員にはっきり聞こえる声で耳打ちした。何を言いだすのかと残りの少年たちはお互いの顔を瞥見《べっけん》したが、隼人は少女から視線を離さなかった。目は細く吊り上がり、笑っているときでさえ怒っているような凄味《すごみ》があった。

清美は拒絶した後に自分に降りかかるだろう罰について考えていた。小便をかけるくらいで自分の勇気が立証されるなら、と迷った。十個の眼球がその時それぞれの感情の隙間を這《は》っていた。雨に打たれながらも熱は消えなかった。うなじや額に微細な雫が張りつくようで誰もがむしゃくしゃしていた。しょんべん、という響きが稔の頭の中で反響しては膨《ふく》らんでいった。

「ごろごろせんか」

早くしろ、と隼人が清美の背中をついた。清美は救いを求めるように稔を見た。震えた顔からはとっくに生気が失《う》せていた。隼人は業《ごう》を煮やして、清美を後ろに退《しりぞ》け、腰抜け、と怒鳴ると、いきなり少女の前で着物の裾をたくしあげてしまった。稔が慌てて、するなあー、と大声を発したが、隼人のペニスから流れ出た小水を止めることは出来なかった。少女は目を瞑《つむ》って堪《た》えた。首筋の泥が、隼人の湯気立つ小水で洗い流されていった。稔は両手で顔を隠している少女を正面から見下ろしていた。鐵造は口をあんぐりと開いたままだった。清美は顔を背《そむ》けながらも少女の堪える顔を臆病者の目で追っていた。子供たちを霧雨が包み込んだ。空はいっそう暗くなり、彼らの熱も、戦意も、その冷たさの中で次第に奪われていった。

隼人が着物の裾を下ろすと、少年たちは少女から視線を逸《そ》らした。隼人が真っ先にその場を離れた。少年たちは次々に従った。稔は何度も振り返った。小柄な浅黒い少女は泣きもせず、立ち去る稔を見上げていた。稔は少女の体から湯気が立ち上るのを見た。彼女の黒い二つの眼球はまっすぐに稔を睨《ね》めつけていた。

5

稔が初めて意識した異性は、隣家の馬喰《ばくろう》の娘だった。緒永久《おとわ》は稔より七歳も年上の十四歳だったが、面長《おもなが》で鼻筋も通り、大人びた顔立ちは島でも有名だった。薄暗い日暮れ時に出会うと成人かと見間違えるほど体つきも身長も大人並で、既にどこか近寄りがたいあだっぽさがあった。

大詫間からの戻り道、少年は自宅の前で緒永久とばったり遭遇《そうぐう》した。家の窓明かりで緒永久の顔がオレンジ色にうっすらと浮かび上がって見えた。霧雨は稔の衣服を濡らし、頭から雫が固まりとなって額や頬に滴《したた》り落ちていた。

「どけ行っとった」

緒永久は恥ずかしがって行こうとする稔の前でとおせんぼをした。どこでんよか。気になるのに、稔はいつもちゃんと口をきくことが出来なかった。その気持ちを察している緒永久は、今日こそはと、わざと稔の行く手を阻《はば》んで、なんか悪さしてきたっちゃなかやろね、とからかった。実際悪さをしてきた後ろめたさも稔を萎縮《いしゅく》させている理由の一つだった。

「あんたんつきあいよる、鐵造とか隼人とか、あん連中は下司《げす》やけんね」

稔は触れようとしてくる手を払いのけると、うるさか、と一喝した。霧雨が緒永久の胸許で無数の水粒となっていた。濡れて体に張りついた絣の着物が、体形を想像させた。稔の心臓がふいにどくどくと跳ね上がった。稔は緒永久の首筋からゆっくりとうなじや耳、口許へと視線を這わせてみた。初めての欲望だったが、それが性欲という感情の芽であることなどまだ七歳の少年に分かろうはずもなかった。

「なんばじろじろ見よっと、いやらしかぁ」

言うなり緒永久は稔に抱きついた。年少の稔を姉のような気持ちで抱き寄せたに過ぎない。しかし稔は、霧雨で濡れた久留米《くるめ》絣の着物を通して感じる女らしいふくよかな肉体に当てられ、どうしようもない恥じらいが駆け抜けていった。女の香りが稔を包み込み、稔は反動でそれを力一杯はねのけてしまった。

「なんばすっと」

稔は後ずさりした。緒永久から離れれば離れるほど少年を手繰《たぐ》り寄せ包みこもうとする誘惑が追いかけてきた。白くつるりとした顔に、みんなの言う外国の血が混ざっているのかどうか、渋滞《じゅうたい》した感情の中で稔は答えの出ない疑念を必死で追い求め続けるのだ。絣の先から突き出た彼女の白い腕が、隠された彼女の全体を想像させた。

「へんな子やね、そっちこそなんで逃げると」

上体を屈めながらも、いっそう伸ばす緒永久の手に、ついに耐えきれず稔は家の中へと駆け込んでしまった。

その夜、少年は緒永久の艶《つや》やかな顔に勢いよく放尿する夢を見た。

6

稔は島の中程、畑の真ん中にある火葬場から昇る煙を見ていた。白くも黒くもなく、どちらかと言えば紫色に見える煙が、大野島の遮るもののない青空に飲み込まれてはすっと消えていくのを、何度見ても魔法のようで、不思議だと思った。

人の死に強い関心を持つようになったきっかけは、稔が五歳の時に、二歳離れた兄の石太郎が筑後川で水死し、その死体が荼毘《だび》窯《がま》と呼ばれる火葬のための炉の中で燃やされ煙となって天に昇った時からだった。

母親や兄姉、親戚たちの声にならないむせび泣きを聞きながら、人の死を初めて、それも日々遊んでいたすぐ上の兄の死を経験した稔は、死を恐れだけではなく、存在していた者が存在しなくなる不条理として、好奇を交えて見るようになっていった。

稔は時折兄をこっそり懐かしんだが、今この瞬間兄がどこに在るのかが気になった。あの茶毘窯のどこかに仕掛けがあり、そこに閉じ込められているのではないかと思ったこともあった。茶毘窯の鉄製の扉を入ると地下世界へ抜ける階段があり、死んだ人々はそこを下っているのではないかと想像した。もちろんこの妄想は、茶毘窯の中をこっそり覗き込み、あるのが煤《すす》と闇だけだと知った時に消えた。

石太郎の死後、稔はよく火葬場に煙を見に出かけた。小学生が遊んではならない区域として火葬場は役場から指定されていたが、清美の父親は稔だけは咎めなかった。稔の父長四郎が清美の父親の給料を上げるよう役場とかけあったことがあったからだった。

「なして、人は死ぬと燃やさるっとやろかのい」

稔はよく清美の父親に質問をした。

「燃やさんと腐るけんたい」

清美の父親が微笑《ほほえ》んでいるのが不思議だった。自分が抱いているような疑問を彼がすでに放棄《ほうき》しているように思えてならなかった。

「人は死んだらどこさん行くとやろか」

清美の父親は大抵そこで、さあ、あの世っちみんなは言うばってん、おれは見たこつなかもん、と笑った。

誰かが死ぬと、遺族はまず役場に行って火葬証明書を貰わなければならない。石太郎が水死した時も、長四郎は悲しみを堪《こら》えて役場に出かけていった。そして今度はそれを持って清美の父親の家に行き、火葬を依頼する。火葬を頼む側は、お礼として火葬場守に酒と豪華な料理の詰まった弁当を持っていくのがこの島の習わしであった。

清美の父親は泣き崩れる家族を前に、淡々と作業を進める。薪《まき》を利用した火力の弱い燃焼炉で、死体が燃えきるまでには一昼夜の時間を要した。家族が引き取ったあとも火葬場守はそこに残って暫くは様子を見る役目があった。大抵の場合骨は翌日の朝、火葬場守の立会いで引きとることになっていたが、石太郎の火葬の時は、

「じょんじょんが一人夜の火葬場に残るんは徒然《とぜん》なかろうけんのい」

と清美の父親は朝まで窯の横で仮眠をとって石太郎の魂を見送った。

茶毘窯から昇る紫煙が次第に細くなりはじめていた。夕暮れの中で清美の父親の姿だけが火葬場を静かに行き来していた。ひろびろとした田んぼの真ん中に聳《そび》える茶毘窯の

煙突が、赤々と滲む空に刺さっていた。清美の父親は煙草を吸いながら稔の方へと近寄って来た。手は死者の後始末で汚れ、短い煙草の先で小さな炎が光っていた。顔を皺《しわ》だらけにしながら、彼は笑みを浮かべた。

「清美と今日はいっしょじゃなかとか」

稔はかぶりを振った。清美の父親は、うんうん、と一人頷くと荼毘窯の方を見返ってまた微笑んだ。今そこで人が燃やされているというのに、彼の笑顔が稔には気になった。いつもいつも死を間近に見ているから、慣れてしまったのだろうか。それとも、死とは本来悲しいものでも、珍しいものでもないのかもしれない、と。

「人は必ず死ぬったいね」

稔が言うと、清美の父親は、ああ、と頷いた。火葬場守の顔から、笑みが途切れた。しかしそれは一瞬のことで、また再び元の笑みが生まれた。彼は煙草の煙を吸い込むと、遠くを見つめながらゆっくりと吐き出した。

7

男四人に女三人の子供を生んだ稔の母金子の得意料理はがめ煮と呼ばれる地鳥の煮込

みだった。それは稔にとって、歯が生えだした頃より慣れ親しんだ食べ物だった。煮込みを作る日は決まって四男である稔が鶏《にわとり》を準備することになっていた。物心がついた時から、稔は裏庭で飼っている鶏を一羽選びだし、背後から押さえ込んで両手で首の骨を折って殺した。殺し方は父長四郎に教わった。鶏を絞めるのは楽しかった。生きている玩具《おもちゃ》を与えられたようなものだった。

稔は母親に、

「一羽絞めてこんか」

と言われるのを心待ちにした。指示が出ると早速、年下の妹二人をひきつれて裏庭まで駆けて行った。彼女たちにも手伝わせ、鶏を前後左右から怯えさせ追い詰めた。時には派手に格闘までして恐怖心を与えた。鶏が必死に逃げ回るのがまた可笑《おか》しくて仕方なかった。

「逃げても無駄ったい。おまんはここから逃げられやせんばい」

妹たちの前で自分の勇猛さを見せつけるのも気分が良かった。

「ちいあんちゃん、がんばれ」

妹たちの声援に応えて、稔は両手を高々と振り上げ、威嚇《いかく》した。

羽を広げて抵抗する鶏の首を摑んで、ぐいと力を込めては折った。首が折れる瞬間は、ぐぐっ、という鈍い感触が生暖かさとともに掌中で揺れた。甲高い妹たちの叫びにも似た笑い声が鼓膜をくすぐる。鶏がぐったりするとどこからともなく満足感が沸《わ》き起こってきた。

稔は動かなくなった鶏を暫くはなんの疑問も抱かず、自慢げに母親に届けていた。しかし成長して少しずつ、生き物についての理解が進んだ時、稔は食卓に並んだ鶏肉が急に食べられなくなってしまった。手羽の表面のぶつぶつを見るうち、胃の底から吐気が沸き起こった。

8

稔の母金子が再び渡し船を利用するようになったのは、石太郎の死後一年が経過した後のことだった。石太郎が筑後川に転落した時、川は数日続いた大雨のせいで水かさが増し流れも早くなっていた。稔と石太郎は鐵造の父の操《あやつ》る渡し船の船首でチャンバラの真似事《まねごと》をしていた。船が川の中程で早い流れに捕まった時、石太郎と稔はバランスを崩した。咄嗟《とっさ》に金子が摑んだのが稔で、石太郎は既に川面へと投げ出されていた。

その時の母親の絶叫と黒々とうねる川の冷たい流れを稔は忘れ去ることができない。

川は濁り、まるで巨大な大蛇であった。その隆々としたうねりに石太郎の小柄な体はあまりに微力すぎた。助けようと飛び込んだ船頭助手の青年までも濁流は押し流し、結局青年の死体は上がらず、石太郎の死体だけが翌日有明海の海苔《のり》の支柱竹に引っ掛かっているところを発見された。

稔が五歳の時のことだが、それがもっとも古い記憶として生涯彼の脳裏に焼きつき、死の入口のイメージとして心に固着《こちやく》することとなった。

渡し船に乗るようになっても、金子は船が桟橋を出て、反対側に着くまで決して稔を離さなくなった。それがどんなに穏やかな日の川面であっても彼女は川には一度も目をくれず、じっと対岸の桟橋の先端だけを見つめ続けた。抱きしめる母親の腕に力が入れば入るほど、稔は死という不可解な世界への畏怖《いふ》と興味が同時につのっていくのだった。鐵造の父親の表情も厳しかった。まっすぐに金子の背を見つめ、口許を真一文字に結び、ただ櫓《ろ》を漕《こ》ぐ手に力を込めた。

稔は金色に輝く川面を見ていた。川岸に引き上げられた船が上流まで点々と続いている。まだ火葬場から昇る煙も微《かす》かに見えていた。穏やかな風が吹くと、水面が細かく波うち、金波銀波の舞いが上流から下流へ向けて移動した。稔は桟橋の先端まで行って腰掛け、川面をじっと見つめた。あの時、母親が摑んだのが自分ではなく石太郎であれば、自分はこの世にはいなかったのだな、と思い、身震いした。

9

その栈橋に数日後、軍人が立った。軍人が帰って来るという噂は何日も前から稔たちの耳にも届いていた。奉天大会戦に出兵した唯一の島の出身者で、久留米にある歩兵第四十八連隊に所属していた。一週間ほどの休暇を利用した凱旋《がいせん》帰郷であった。軍隊に入る前は普通の、それほど目立たない青年だったのに、日露戦争の勝利が彼を故郷の英雄に仕立て上げた。

渡し船の側面には紅白の垂れ幕が括《くく》り付けられ、出迎えた役場の人々に囲まれ軍人は雄々しく船首に立って、少年たちの期待を裏切らない演出で帰還した。

稔の目にまず飛び込んできたのは、その軍服の凛々《りり》しさだった。普段島民が着ているようなよれよれの薄汚い着物ではなく、体にピッタリと張りつくように仕立てられた行動的な洋服であった。膝下は白麻脚絆《きゃはん》で引き締まり、編上靴《へんじょうか》の上部をすっぽりと覆っていた。胸や肩で階級章が光っていた。彼はまだ十八歳になったばかりの新兵だったが、目深《まぶか》に被《かぶ》った制帽の下の眼光は鋭く、よく伸びた手足も長く、それまで頭の中に描いていた軍人のイメージを越えた意匠に稔は大満足であった。

軍人は島民の拍手や歓声の中、悠々と桟橋に降り立った。堂々と胸を張って歩く姿はまさしく英雄そのもの。桟橋の袂《たもと》で待つ村長の前まで来ると、素早く敬礼をして見せた。それが稔にはなんとも伊達《だて》に映った。あんなにかっこのいい人間がいるのかと、その時初めて島の外の世界の広さに憧れた。

用意された馬に跨《また》がり、人々に付き添われながら実家へと向かった軍人の後を少年たちは追いかけた。空へ向かって胸を張りつづける勇ましい姿を見つめながら、少年たちはなんども、おお、と声を漏らした。鐵造が近づき軍人が腰にぶら下げた銃剣に触れた時も、彼は顔色一つ変えず、隙のない視線で一瞥《いちべつ》したに過ぎなかった。

10

家が近かったこともあり、稔は目が覚めてから寝るまで軍人の様子を見に出かけた。数日後には再び島を離れなければならないこの英雄に張りついた。何か理解の出来ない感情に少年は支配されていた。それは鐵造や隼人のような単純な英雄への憧れとは違った、もっと精神の根本へと向かう好奇心によってだった。

軍人の部屋は生活道路の丁度《ちょうど》反対側に位置し、馬小屋に隣接していた。稔は馬小屋の脇に聳える、島では珍しい防風林の高い木に身を隠し窓明かりを見張っていた。軍人は時折窓を開け、外気を吸った。驚いたことに彼は夜になっても軍服を脱がなかった。鋭角なシルエットが稔を納得させた。誇りとはそうやって修練されていくものなのだ、と無駄な動きのない軍人の英姿に見入った。

暫く星を眺めたあと、軍人は再び窓を閉め机に向かい文を認《したた》めはじめた。男の凜々しい姿は電灯によって、すりガラス越しに影絵のように映しだされた。首をやや曲げたり、肩を時折僅かに上げたりはしたが、長い時間そこからほとんど動かないで手紙を書く生活態度を、稔は軍人気質による勤勉さと捉えた。感動さえしたが、まもなくすりガラスを叩きにやってきた人影によって、誇りの修練も勤勉さも全て愚かな想像であることに気づくのだった。

軍人が開けた窓の明かりによって映し出されたその人影が、緒永久であることが分かると稔はうろたえ、その瞬間小枝を踏みしめてしまった。二人は同時にこちらを見返ったが、その時の、眼球が飛び出しそうなほどに瞼を見開いた慌てた表情に、彼らが隠し持っている不穏な年長者の関係を見た気がした。

稔は息を潜めて、高鳴る心臓を宥《なだ》めながら二人が再び動きだすまでじっとしていた。

まもなく軍人は何事もないことを確認してから部屋の電灯を消し、窓を乗り越え外に出た。二人は月明かりの中で抱擁を繰り返した。稔は抱擁というものの意味さえもまだ知らない年齢だったが、緒永久に抱きつかれた時の仄《ほの》かなときめきを思い出しては、激しく嫉妬した。

軍人は緒永久に見せる為に軍服を脱がずにいたのだった。軍人が緒永久を抱きしめるたびに、軍服の衣擦《きぬず》れが稔の耳を焦がした。二人は息を押し殺そうと必死だったが、若さと欲望には勝てず、時折悩ましい吐息が闇を漂った。

まもなく二人は稔の方へとやって来た。そのまま扉をそっと押して馬小屋の中へと消えた。稔は這いつくばり、心臓が破裂しそうな気持ちを我慢して馬小屋の扉の下を匍匐《ほふく》前進した。軍人と緒永久は馬小屋に積まれた藺草《いぐさ》の上で再び抱き合った。かろうじて馬小屋に差し込んだ月明かりが彼らを浮かび上がらせた。眼球が闇に慣れはじめると、まず最初に緒永久の白い肌が浮かび上がった。十四歳の少女の胸は、既に成熟しており、着物の下にあんなものが隠されていたのかと、稔を驚かせた。闇の中で揺れるその姿態は、幼い稔の心の奥に欲望を焚《た》きつけた。

軍人は緒永久の着物を脱がせていったが、緒永久は恥ずかしそうにしながらも無抵抗に従った。軍人は自らも軍服を脱ぎ捨てた。稔をもっとも失望させたのはその時であった。軍人があまりにも軍服を粗末に扱ったために、軍服は緒永久の着物よりも惨《みじ》めに馬小屋の土の上に落下した。いまやただの布切れと化した軍服は下に肉体を隠していた時のような硬質さや威厳を全く放棄して、雑巾並に地面で丸くなっていた。

二人は藁《わら》に塗《まみ》れて絡み合った。若い軍人の体は締まり、小さな尻だけがこちらをむいて宙を見上げていた。緒永久の柔らかそうな白い体は軍人の肉体に包み込まれるようにその内側で丸くなり、かつて稔が見たこともないほど不潔に身をくねらせていた。月光を浴びた二人の姿はほのじろく美しかったが、同時に不健康な澱んだ影を背負っていた。肌は滑《なめ》らかに粒だって輝いて見えたが、一方で若々しい裸体の二人は幼さを誤魔化《ごまか》せなかった。とくに軍服を脱ぎ捨てた軍人はただの無邪気な若者、欲望に支配された男に過ぎなかった。田舎の青年の見せかけの軍人魂に簡単に騙された緒永久を、稔は許せなかった。

軍人は背後から緒永久の髪の毛を引き上げ、馬の上に跨がるような誇らしげな弓なりを作った。一方緒永久は稔を抱きしめた時の愛らしさを失い、奴隷《どれい》のように軍人の下にあった。緒永久の端麗な顔だちが嫌らしく歪《ゆが》んで感情を滲み出しはじめると、軍人はいっそう惨めにただの未完成な若者へと落ちぶれた。二人の肉体が荒々しくぶつかり合い、稔が目を背《そむ》けたその時、軍人は緒永久から飛び退き、その硬直してまっすぐにどこまでも伸びきった下半身を、少女の腹の上に突き出した。稔には二人がいったい何をしているのか分からなかった。緒永久が屈辱的に体罰を受け、あの大詫間の浅黒い少女のように小水を引っかけられたのだと思った。しかし驚いたことに緒永久は体罰を受けながらも、どこか幸福そうな顔をしてみせた。薄暗い馬小屋の中で緒永久のどことなく誇らしげな、まるで国の為に身を挺《てい》し奉仕しているのだといわんばかりの清廉な表情が稔を幻滅させた。稔にはなぜ緒永久があんなに苛められながらおとなしくしているのかを、まだ理解することが出来なかった。
稔は思わず声を上げてしまった。自分の内側で我慢していた感情が決壊したのだ。気がついた二人が振り返ったが、稔は咄嗟に地面に忘れ去られていた軍服を拾い上げると、暗闇に紛れて一目散に馬小屋から遁走《とんそう》した。

稔は走った。軍服を抱きかかえたままどこまでも走りつづけた。肉体の中にうずくまる憤りを外に吐き出すように荒々しく。田んぼを抜け、用水路沿いの畦道を渡り、土手を登り、筑後川の流れと並んで走った。月は寄り添うように稔とともにあった。風を顔中で受け止め、肺の奥深くに軍人の匂いを嗅ぎながら走った。若い汗の野性的な体臭が稔の鼻孔をくすぐり続けた。

第二章

1

憧れが幾分失せた稔とは違い、少年たちはますます軍人への嘱望《しょくぼう》を深め、軍隊ごっこと名付けた遊びに日々興じていた。彼らにとって軍人になるのはもっとも手っとり早い島からの逃げ道であった。鐵造はいずれ父親の跡《あと》を継ぎ渡し船の船頭になるはずで、清美も墓場守になることは免《まぬが》れなかった。隼人は農業を継ぎ、稔は鍛冶屋で働くはずであった。世襲制というほどではなかったが、学問からも遠く、他に仕事もなかったのだから、親の跡を継ぐことがこの島の中での定めに他ならなかった。子供ながらにどう転がっても、これ以上地位を向上させることが出来ないこの島の中での因果を既に諦めていた。だから少年たちは、自分たちの遊びにいっそう熱中し、気を紛らせる他に術《すべ》はなかった。

隼人と鐵造は清美を新兵のように扱った。稔は少年たちの愚かな遊びから離れて木陰に一人座し、遠くを眺めていた。清美は木製の銃を構《かま》えて原っぱを走らされた。鐵造と隼人は大声で命令を下し、時には、気合ば入れんか、と叫んで大粒の石を清美目がけて力の限り投げつけた。鈍い清美は彼らが放る石をまともに受けて顔から血を流した。

「み、みのるしゃん、助けてくれんかん」

清美は手で頭を保護しながら、離れた灌木《かんぼく》に腰掛けている稔の足許に逃げ込んだ。稔はすがりつく哀れな清美をじっと見た後、突き放すように再び遠くへ目を逸らした。助けることは難しいことではなかった。鐵造や隼人が怖いわけでもない。しかし助けたからといって清美がここで自由になるわけでもない、と考えた。弱さを唯一の武器に保身する哀れさを稔は軽蔑した。清美の父親には息子を守ってやってほしいと時折頼まれたが、頷いたことはなかった。

「みのるしゃん、なんでいっしょにあそばんとかん」

隼人が這いつくばる清美の背中に足を乗せて言った。

「中佐にしてやるけん、かたらんかん」

鐵造が清美の大きな尻を蹴飛ばし、鼻からずり落ちそうな眼鏡を手の甲で押し上げながら口許を歪めて笑った。鐵造は隼人の横にいるときは威勢が良かった。

「ぼくは、こん清美んごたるのろまな男が気にいらんとやん。ぼくは隼人君のような勇ましい男ば見習いたかったい」

鐵造は島の子供が使わない「ぼく」を連発した。気取り屋で新しい気風や匂いにはいつも敏感だった。

稔は、口を開いたまま醜《みにく》く呼吸する眼下の清美を見た。鼻汁が唇を濡らし、それに鮮血が混じって濁って見えた。

「見てんのい。こげん太りよって」

鐵造が清美の頬をつねった。清美は戦《おのの》きながらも、微細に震える小動物のような目玉だけで稔に救いを求めた。二つの眼球はきょろきょろと落ちつかなく、中空を何度もさまよっては訴えた。

隼人が笑った。稔は原っぱの奥に続く土手の連《つら》なりを見ていた。この地でカチガラスとも呼ばれる鵲《かささぎ》が低空で飛び去っていく。その嘴《くちばし》の鋭さを見つめながら稔は決意したように立ち上がり、くだらんね、と吐き捨てた。

「もっとおっどんには大事なこつがあるけんね」

稔の脳裏には軍人と絡み合っていた緒永久の裸体が浮かんでいた。軍人が島を離れ、日が経つにつれ、あの闇の中での秘め事が寝ても覚めても稔の心を執拗に誘惑するのだった。

「なんかん大事なことって」

隼人が稔の前にしゃがみこんだ。

「知らんこつが多すぎやせんか」

「知らんこつ？」

「たとえば男と女がする相撲のことや」

相撲てや、と笑い声を上げたのは鐵造だった。

「おっどんはあん軍人が女子《おなご》と馬小屋で裸相撲ば取るのば見た」

八つの眼球が急いでお互いの瞳を覗きあった。いったいそれがどんなことか七歳の少年たちは男と女のとる裸相撲という言葉の響きを想像した。

少しして隼人がぽつんと告げた。

「多分、それは相撲やなかばい。一番上のあんしゃんから聞いたこつのあるばってん、それはボボのことやなかやろか」

ボボってなんかん。そう聞いたのは鐵造だった。

「大人になったら分かることっちゅうて、教えて貰わんやったばってん。とにかくひどく淫《みだ》らなこつばい」

隼人が知ったふうにそう吹聴し、稔は黙った。全員が稔の次の一言を待った。

ミ、ミダラ？　清美がかすれる声で口籠もった。ミダラってなん？
「淫らっちゃさん、いやらしくて、だらしのなかこっちゃろ」

鐵造は、今度は稔の顔を覗き込んだ。

「軍人は誰と馬小屋で淫らなこつばしよったとやろ」

稔は慌てて、知らん、暗くてよう分からんかった、と首を強く左右に振った。

「おっどんが言いたかったこつは、つまりまだ分からんことが多すぎるっちゅこったい。おっどんらは幼なすぎるわけたい。軍隊ごっこなんて、男と女の裸相撲に比べたら、子供のするこったいね」

稔は立ち上がり、苛立《いらだ》っている自分に我慢ならなかった。隼人がゆっくりと体を起こし、鐵造も口を緩めたまま、むずかしか、と呟いた。稔は少年たちの肩を押した。

「どうせ、人間はみんな死ぬとやろ。おっどんのあんしゃんのごつ。いつか死ぬんなら、こげんくだらん遊びをしてる暇はなかったい」

隼人が笑い、つられて鐵造も笑った。

「死ぬって、いつや」

隼人が言い、続けて鐵造が受けた。

「そげんこつ何で今から心配すっとかのい。まだずっと先のことじゃろもん。そんな想像もつかん先のこっば考えるほうが暇人《ひまじん》やなかやろか」

稔はうすら笑いを浮かべている清美を蹴り上げた。清美は反射的に後方へ転がり、蹴られた顎先を両手で押さえて痛みを押し殺した。

「おっどんやったら、軍隊ごっこなんてやらん。するんなら処刑ごっこたい。本当に殺すんばい。殺して、死んだ人間がどうなっていくのかをつぶさに見るったい。火葬なんて誤魔化しは駄目や。殺した人間をどこか人に見つからん場所に隠して様子ば見ったい」

稔がじっと清美を睨み付けたので、清美は顔を引きつらせ、そのまま背を向けると逃げだそうとした。稔は清美に飛び掛かって跨がり、喉許《のどもと》を背後から両手で絞めた。鶏を絞め殺した時のあの生ぬるい感触が手の内側に蘇《よみがえ》った。清美は稔が本気で首を絞めたものだから顔を真っ赤にして、数度咳き込んだ。

「そこん茂みにこいつば生き埋めにして、時折掘り返して、どれほど腐っているか確めるったい」

稔が叫んだので、隼人も鐵造も圧倒されて言葉を無くした。稔が手を離すと、清美は喉を手で押さえ、顔から地面に倒れ伏した。稔は興奮していた。いつも一緒に遊んでいた石太郎のことが脳裏を過った。石太郎の思い出は鮮明なのに、兄はもうこの地上に存在していない。生の不可解さが稔を不安にさせ、心を激しく揺さぶってきた。

「みんな従《つ》いてこんね、面白かもんば見せてやったい」

稔はまず軍服を処刑しようと思った。

2

大野島の突端に、今は使われていない古い漁船が放置されており、稔はその船底に軍服を隠していた。少年たちは半信半疑で従いてきたが、稔がどこからともなく魔法のように軍服を取り出したので歓喜の声を上げない者はいなかった。

「どげんしたっか、そりゃ」

隼人が興奮しきった声で告げた。

「戦利品たい」

稔は隼人に放り投げた。少年たちは奪い合うように一斉《いっせい》に軍服に群がった。

「匂いば嗅いでみんか。あん軍人の汗の匂いが染みついとろうもん」

少年たちは稔の言うとおりにした。鼻を突き出し嗅いだ。

「あん軍人が軍人魂ば投げ出してくさ、淫らなこつばしよる最中に、おっどんは勇敢にこればせしめたっ」

「見つかったら死刑になるっちゃなかか」

鐡造が稔の顔を恐る恐る覗き込んで言ったので一瞬稔は目を見開いて狼狽《ろうばい》したが、すぐに口許を引き締めてかぶりを振った。

「なんも。あん軍人は見かけだおれの偽物やったったい。そげんこつばしたら、あの夜の村の娘っことのこつがバレよろうが。げんにまだおっどんはお咎めを受けとらんたい。それにあん夜のおっどんの作戦行動は完璧やったけんね。顔は見られとらんけん」

稔は少年たちを睨んだ。

「あげん下らん兵隊に情けは無用ったい。そるばってんどげんするとやろかのい。軍服なしで隊に戻れるとやろか。おっどんやったらそげん恥ば持って戻ることはでけんやろな。自決して謝罪するやろの」

少年たちは、軍服と稔の顔を交互に見比べてため息をついた。それは憧れの軍服を手にしている喜びと、稔が冒した行為への無邪気な感服のため息であった。

「軍隊ごっこなんてくだらんち、おっどんが言ったこつの意味がこれで分かったろうもん」

稔はやや語気を強めて言った。あの夜を思い出して稔の足は微細に震えていたが、少年たちに気づかれることはなかった。

「み、みのるしゃんは勇敢たいね」

清美がそう告げた。

「なんも」

稔はそう言うと、隼人が持っていた軍服を取り返し、

「これからこん軍服の処刑ばするけん。見たかもんはついてこんね」

と呟き、歩きはじめた。

少年たちは稔を先頭に土手を歩いた。何が起こるのかワクワクしながらもおとなしく従った。

稔は人目につかない田んぼまで行くと、畦道沿いに立っていた案山子《かかし》に軍服を着せた。前もって用意していたマッチと油を取り出すと、少年たちの中からどよめきが起こった。なんばするとや、と隼人が忠告をしたが、稔はさっさと油を軍服に振りかけてから火を放った。

火の回りは早かった。

「見つかったら、ほんなこて死刑ったい」

清美が言った。どげんしよ。鐵造の顔が引きつった。

「証拠をなくしたら誰ももうおっどんば責めるこつはでけん」

稔は叫んだ。炎は軍服を真っ赤に燃やし、それは青空に映《は》えて見事に黒煙を上げた。火葬場で焼かれた人の魂が遠い世界へと旅立つのに似ている、と稔は思った。

「ほら、敬礼ばせんか」

稔が大声を上げると少年たちは一列に並んで慌てて敬礼をした。

3

稔は緒永久を避けるようにしていたが、祖母の七回忌の法事で顔を合わせなければならなくなった。素知らぬふりをしていれば平気だろうと思い、稔は出来るかぎりいつもと変わらぬ風に装《よそお》うことにした。

仏間と繋がった二十畳ほどの座敷に親戚や近所の人々が集まり、寺から和尚《おしよう》を招いて、法事は行われた。隣同士で家族同然の付き合いがあった緒永久の一家も加わった。緒永久は稔からもっとも遠いところに彼女の父、母、三人の兄弟たちと一緒に座っていた。母親が長崎出身のため、緒永久に異国の血が混じっているのではないか、という噂がまことしやかに広まっていた。だが母親は背も低く色黒で緒永久とは似ても似つかなかった。そのせいで貰い子だという噂も一方ではあった。まだ石太郎が生きていた頃、彼は緒永久に、おまん体ん中に外国人の血が混じっとるっちゃほんなこっか、と聞いたことがあった。緒永久は、それはただの噂ったい、と即座に否定したが、外国の血という響きは幼い稔の好奇心をそそった。

法要がはじまり、和尚がお経を読みはじめると、人々は正座して仏間の方を一斉に見た。稔は母親の陰から、こっそり緒永久の顔を覗いた。遠くに、体の割に小作りだが整った顔が見えた。顎を引き、神妙な顔つきで仏前を見ていた。蠟燭《ろうそく》の明かりに眼球が膨らみながら揺れていたが、綺麗な瞳だと稔は思った。するとまたあの夜の軍人との背徳の光景が頭を過った。淫ら、という言葉が稔の心を掠め、思わず和尚の背中に視線を逸らした。

お経を読む和尚の低く響く声とその節奏《せっそう》が稔の臓腑《ぞうふ》を震えさせた。あの夜の、痛々しい表情なのになぜか幸福が滲んでいた緒永久の顔が網膜に焼きつき離れなかった。稔はもう一度振り返った。すると出し抜けに、冷たく透明に輝く緒永久の視線とぶつかった。槍のような鋭利な眼差《まなざ》しに、稔は取り繕《つくろ》う間もなく顔を引きつらせてしまうのだった。何もかもを見抜いた者のみができる柔和な表情。口許には微かに笑みさえ浮かべていた。慌てて視線を逸らしたが、心臓は高鳴り、顔の筋肉が意思とは別に震えて、もう誤魔化すことはできなかった。

法事が終わり、足の痺《しび》れを我慢して立ち上がろうとする人々を押しのけるように稔は誰よりも早く家を出、稲穂が揺れる畦道を小走りで逃げた。緒永久に捕まって追及されるのを恐れてのことだった。用水路沿いの細い道を暫く行き、ここまで来れば、と振返ると、走って来る緒永久の姿が目に止まった。

「みのるしゃん」

緒永久の甲高い声が風に逆らって届いた。耳の中で風が渦《うず》を作り、声と混ざって目眩を起こさせた。稔は慌てて一目散に駆け出したが、逃げきることはできなかった。緒永久は土手へと広がる葦原で稔に追いついた。背後から稔は抱きつかれ、二人はそのまま葦の茂みに倒れ込んでしまった。稔は久留米絣の柔らかい着物を通して感じる年上の少女の肉感や柔和な体臭に包み込まれたまま、二、三回転した。青空がくるりと視界を過った。

「なんばすっと、やめんか」

大声を上げたが、緒永久の力の方が勝《まさ》っていた。緒永久は両手で稔の肩を押さえつけ、微笑みながら見下ろした。稔は緒永久の胸の膨らみを眼前にして視線のやり場に困った。薄紅色の唇の中で健康な歯が輝いていた。呼吸するたびに鼻孔が開き、その息が稔の顔をくすぐった。

「あんたいつから覗き魔になったね」

緒永久が問い詰めるので、稔は思わず声を張り上げてしまった。

「覗くって、何をや」

「しらばっくれても知っとう」

稔は睨み返したが、緒永久の真剣な表情には勝てなかった。彼女の髪が稔の頬の上を甘くいっそう焦れったく移動した。

「あの軍人と淫らなこつばしたこつか」

稔が軽蔑を込めて非難すると、やっぱり、と一言呟き緒永久の目は大きく見開いた。そして次の瞬間、薄紅色の唇が稔の口を塞《ふさ》いでしまった。艶《なま》めかしいぬるっとした温かい感触が背筋を走った。声を上げそうになったが、吸われた口は力で押さえ込まれ、しかも柔らかい舌先までもが稔の口腔《こうこう》に滑り込んだ。今まで一度も経験したことのない痺れと戸惑いが全身を駆け抜け、体を動かそうにも抵抗さえできないほど心も体も硬直した。

緒永久は唇を離すと、水泳の選手のように素早く息を吸い込んでから、あん人が軍法会議に掛けられたこつは知らんとやろ。どげんつらか目におうとるか知らんとやろ、あんたをつきだしてもよかとよ、この子が犯人ですって、どうか死刑にしてやって下さいち。どうしていつもうちば困らせるとね、と破滅的な声で言った。稔は、かつて経験したことがない甘美な刺激に入り交じって、胸の内側をつねられるような切ない傷《いた》みと苦しみを同時に覚えた。

稔は両手で葦を摑み、遮るもののない碧空《へきくう》へ視線を飛ばしつづけた。

4

軍人の一行が突然鍛冶屋の作業場へ大挙して押し寄せてきた時のことを稔は忘れることが出来ない。いつものように鞴の把手を押したり引いたりしていると、鉄戸が開き、膝下までの羅紗《ラシャ》の外套《がいとう》を羽織った軍人たちが光の向こうから姿を現した。あの若い、島出身の新兵とは違い、突如やって来た軍人たちは充分歳をとり、髭を蓄《たくわ》え、貫禄《かんろく》があった。口数も少なく、布切れに包まれた何丁かの銃を作業台の上に横たえると、父を取り囲むなり何やら密談めいた相談をはじめた。刀鍛冶は時代とともに年々仕事が減っていた。どんなに腕が良くとも、刀は明らかに時代遅れの武器だった。銃剣や軍刀の製作に携わる軍の仕事が一番安定した収入をもたらすことは、少年の稔にでさえよく分かることだった。

軍人たちは長四郎に、銃の修理を請け負わないか、と持ちかけているらしかった。稔は、長四郎の小さく畏《かしこ》まった背中を見ながら父の心が珍しく揺れているのを見た。凜々しい軍人たちの前では父とてただの見すぼらしい鍛冶屋でしかなかった。

作業台の上で、巻かれた布切れからはみ出した重々しい鉄の固まりは、全くの無言だったが、既にこの工場を牛耳《ぎゅうじ》るほどの威厳に包まれていた。憧れの軍人たちよりもその銃が稔の気を引いた。稔は話し合う大人たちの間を抜けて作業台まで行くと、黒光りする鉄の武器をじっと眺めた。銃口は獲物を狙う猟犬の目だった。その先端に触れてみたいと思った。軍人たちはみな稔に背中を見せていた。稔はそっと手を伸ばした。銃口はどこまでも冷たく、稔の体温を拒絶した。破壊力をこっそり想像しながら稔の手は好奇心に唆《そその》かされて銃身を移動した。鉄の筒には媚《こ》びるような優しさは全くなく、冷淡で逞《たくま》しかった。引き金をまさぐった。この怪物を目覚めさせる性器だ、と稔は思った。手が布切れの中で引き金に到達した時、どこからともなく大きな手が伸びてきて稔の手首を摑んだ。驚いて振り返ると、髭を蓄えた軍人が笑いもせず稔を静かに見下ろしていた。

銃の試し撃ちは、その日の午後、土手沿いの稲刈りのすっかり終わった後の田んぼで行われた。霧がやや遠方を灰色に覆っていた。横木を架けた、稲を乾燥させるための稲《は》架《さ》に薄い鉄板を吊るして標的とした。稔はその手伝いを買って出たが、いつもの鞴の操作などとは比べ物にならない使命感が沸き上がり、何か指示が出されないかと期待で終始胸がはち切れそうだった。

体格の良い軍人が膝をついてしゃがみこむと、銃を構えた。稔は父親の腕の中にくるまれて、胸を高鳴らせた。

「有坂成章《ありさかなりあきら》大佐が開発ばした三十年式歩兵銃を一部改良したもんで、三十八年式歩兵銃たい」

髭を蓄えた恰幅《かっぷく》のいい軍人が、父に向かってそう説明した。その隣の補佐官らしき背のひょろっとした男が相槌《あいづち》を打って、この銃が今後日本の命運《めいうん》ば切り拓くことになるったい、とすばやく付け足した。

「よし、では、撃ってみんか」

続けて補佐官がそう声を張り上げると、銃を構えていた軍人は顎を銃床に沿わせて、照準を合わせ、躊躇《ためら》うことなく引き金を引いた。乾いた気高い銃声が一帯に響き渡った。

葦原に隠れていた鵲が飛び立ち、火薬の空気を焦がす匂いが稔の鼻先をつついた。稔はその衝撃に身じろぎさえ出来なかった。全身の毛穴が突起し、身震いが駆けめぐった。

続けて軍人は引き金を引いた。標的の鉄板は金切り声を連続して上げ、それはあっと言う間にもとの平たい形を失い、歪んで奇妙に変形した。

島の小さな鍛冶屋は明治四十年、江口工作所の看板を掲げ、島の内外より技術を持った職工を数人雇い入れ、鉄砲の修理を専門に請け負う工場となった。その頃から稔の家は島の人々に鉄砲屋と呼ばれるようになる。やがて工作所は軍の後押しによって有明海周辺では唯一の修理工場へと順調に発展し、稔も徐々に父親の仕事を見習い学ぶようになっていった。

5

稔は新型銃の試し撃ちを見て以来、銃という兵器の虜《とりこ》となった。寝ても覚めても頭の中から火を噴く三八銃の勇ましさが離れなくなった。なぜか銃の、硬質な長い銃身の先端とあの闇の中で蠢《うごめ》いた緒永久の肉体が空想の中で交差し、稔を翻弄《ほんろう》した。

稔はある夜、布団から抜け出すと工場へ忍び込み、道具棚の引出しを開け、布切れにくるまれた三八銃に触れた。やはり銃身には何処《どこ》までも深くひんやりとした冷たさがあった。巻いてある布切れを外し、軍人たちがそうしたように抱えてみようとした。しかし引出しから取り出した瞬間、稔はその重みで後方へとよろけてしまった。銃を落としてはならぬと無理な体勢で踏みとどまったことで却《かえ》ってバランスを崩し、作業台の上にあったものを引っかけては床にまき散らし、自分も尻餅をついてしまった。

転がる螺子《ねじ》が壁にあたって再び静寂が訪れるまで、稔は暫くそこにしゃがみこんだまま、息を潜めて銃の重みを確かめていた。銃は闇の中でいっそう稔を唆し、生き物のように少年の腕の中で呼吸をはじめていた。稔は怪物を抱えたまま、あの軍人たちのようにこれを目覚めさせてみたいと思った。ゆっくり、しっかりと立ち上がり、両手に抱えた銃を作業台の上に横たえた。窓越しに差し込む光が銃身を美しく黒光りさせている。少年の小さな掌《てのひら》が鉄の表面を擦《さす》った。もっと確かな感触が欲しかった。銃と一体になってみたかった。稔は銃身を再び摑みなおすとそれを小さな胸に抱えた。今度は焦る気持ちを堪えて、慎重に持った。重たさで足許が揺れたが、作業台に肘《ひじ》をつき、銃身を万力《まんりき》の上に乗せて、稔は狙い撃ちをするように覗き込んだ。引き金に手をあて撃つ瞬間を想像しては何度も身震いを覚えた。今ここで引き金を引けば弾丸は発射され、それは大きな破裂音を上げ、正面の窓ガラスや壁や作業道具などを次々に破壊しながらこの大野島中の人々を叩き起こすに違いなかった。

稔は嘆息を漏らした。激しい誘惑と戦いながらも銃から手を離し、月光に静かに浮かび上がる工場の三和土《たたき》に座り込んだ。

6

工作所には軍の関係者が出入りするようになった。修理を技術的に指導する者や、軍の兵器担当官たちだった。工場は活気を帯び、積み上げられた銃は何より稔を満足させた。それればかりではなく、久留米や佐世保方面から毎週のように船が大量の故障した銃を運んできた。稔の日課は上の二人の兄たちと桟橋までそれらの銃を受け取りに出かけることであった。歳が十以上も離れた二人の兄は、まるで親戚の叔父のようだった。二人はどちらも父の仕事を受け継ぐ意思はなかった。上の兄はまもなく北九州の製鉄会社に就職することが決まっていたし、下の兄は九州帝大に進学を希望し将来は弁護士になるつもりでいた。彼らは出来るかぎり早く島と縁を絶ちたいと願っていた。鍛冶屋上がりの工作所で銃の修理と一生を交換するのは人生を最初から捨てるようなものだと考えていた。

だから彼らはよく稔に、

「おまんが大きゅうなったら、おやじん跡ば継がんといかんたい」

と唆しては笑っていた。彼らは成人するとすぐに島に見切りをつけた。その後長兄も次兄も都会の女と結婚してますます家には寄りつかなくなっていった。

それとは逆に、稔は成長するに従い父親の仕事への関心が高まった。兄たちとは違い、銃を直す父長四郎の姿を食い入るように見守った。壊れて使い物にならない銃を生き返らせる作業はなんとも魅力のある仕事であった。

稔は家が銃の修理をはじめた頃から、外に遊びに出ることを控えるようになり、学校が終わると寄り道せずに戻ってきては父親にくっついて仕事を習い覚えた。長四郎も上の兄たちへの期待が失せた今、真剣に仕事を学ぼうとする稔は可愛かったし、稔には早い段階からいろいろな技術を教えようと心掛けた。稔は銃に触れるだけでも楽しかったが、父に教わる専門的な内容は学校の勉強よりもずっと面白く、それは彼の内に眠る才能を開花させるきっかけとなった。

稔は三八銃の構造を瞬《また》く間に理解し、やがて組み立てたり分解したりできるまでになっていった。時折、大人でも難しい修繕をこなしては周囲を驚かせた。後に発明家となる稔の才能はこの頃を境に徐々に芽生えはじめていた。リヤカーに幌《ほろ》を付けたり、二段にして倍の荷を載《の》せられるように改造したり、部品を用途別に分かりやすく小分けした持ち運びに便利な道具箱や工場内専用の小さな台車を拵《こしら》えては、人々を感心させた。

7

大詫間から長四郎の小学校時代の同級生が遊びに来た。代々、大野島の小作だったが、大詫間の筑後川沿いに新しい造船所ができた時にそこで働くために移り住んだ、その父の友人が連れていた少女は、隼人に小水を掛けられた子であった。

少女はヌエといった。彼女は稔のことを忘れていたが、稔はその浅黒い顔や、瘦せ細った体型や、ちぢれ髪や、何より意志の強そうな眼光を覚えていた。

男役が足りないからとままごとに稔が駆り出されると、花嫁はヌエであった。二人は土間の隅に拵えられた結婚式場の席に並んで座らされ、姉や妹たちは歯を見せて笑い稔を冷やかした。不意に稔の胸の奥が切なくなった。稔はその時ほど明確な既視感に見舞われたことはなかった。ヌエの顔は予《あらかじ》め用意されていたような懐かしさがあった。普段は数秒で消えるいつものその感覚も、この時は長かった。何度か瞬《まばた》きをしても失せず、油のように染みて網膜の奥に残った。

姉が稔にどこからか引っ張りだした杯《さかずき》を手渡した。末の妹がそれに御神酒《おみき》に見立てた水を注いだ。稔は三三九度の真似ごとをした。女たちはまた声を上げて笑った。

「ほんもんの夫婦んごたる」

すぐ下の妹の冷やかしが、稔の気持ちを不愉快にさせた。ヌエが自分には似合わない女だと感じられてならなかった。浅黒い顔や、病気の猫のような痩せた体が気に入らなかった。緒永久と比べるとヌエはあまりにも貧弱で見すぼらしかった。杯を口に運ぼうとするヌエの手を稔は力一杯叩いてしまった。

立ち上がり、

「なんでこげん子供んごたる遊びばっかりすっと」

と叫んだ。「みのる!」長姉の叱責が飛んだ。ヌエと目があった。まっすぐで澄みきった瞳だった。零《こぼ》れた水がヌエの首筋に滴っていた。隼人に小水を引っかけられて我慢する彼女の姿を思い出した。汚らしか、と稔は口走った。そして自分の言葉に傷ついた。

8

稔は成長するに従い、懐かしいのにそれがいつの懐かしさなのか全く分からない、ぼやけた記憶が頻繁《ひんぱん》に蘇る経験をした。歩きながら、誰かと出会うたび、あるいは出先で、視線は現実と記憶の狭間《はざま》で渋滞した。こういう経験は誰もがするものだと思っていたので、兄や姉に聞いたことがあった。

「病気やなかか」

と二番目の兄は笑った。

妹たちも稔のような経験はないと首を振った。長姉だけが、

「そういや、時々起こるったいね」

と言ったが、稔の年齢にはなかったし、しょっちゅうではない、と首を傾《かし》げた。

誰もが同じような感覚を味わっているものだと思っていた稔は、自分だけに現れるその懐かしい眼球の目眩がどこから呼び覚まされてくるものかが気になった。今まで欲望や嫉妬や悲しみのようにみんなに共通する感情の一種だと信じてきた。自分だけに頻繁に起こるその特殊な感覚の意味を稔は知りたかった。

ある時、稔は父親に相談した。父親は黙って稔の話を聞いていた。それから、

「きっと何かのせいで前世での記憶が残っとっとじゃなかろうか」

と一言呟いた。

何度も経験しているうちに既視感がはじまる予感というものまで分かるようになっていった。それが起こる直前は、いつも合図のような微妙な視覚のぶれが起きた。次に景

色が周辺から固まりはじめ、その中心に視線が完全に定着するとき、稔は決まって既視感を経験した。既視感がはじまると意識が一旦静止し、視界が写真のように固まった。今度は中心から波状に懐かしさが広がり、視野がその感覚で満たされた瞬間、意識に定着する間もなく逃げ水のようにすっとどこへともなく消えていってしまうのだった。記憶の奥の方が開かれ、懐かしさの正体が思い出せそうな時にそれが消えていくものだから、後ろ髪を引かれたような奇妙な状態となった。

既視感を誘引する要素は、もちろん景色ばかりではない。例えば誰かと話している時などにも起こる。話している内容や、その時の背後の景色、相手の仕種《しぐさ》、あるいは匂い、いる場所の温度や空気、その日の体調など、日常のほとんど全てのことが引き金となった。しかし前にも経験したという感覚は、過去がまだ浅く幼い稔にとってはなんとも納得のできない体験であった。生まれてはじめて会った人と話をしている時に起こるその懐かしさとはいったい何なのか。稔は戸惑った。長四郎の言うとおり、それは前世の記憶なのだろうか。

幼年時代の稔は既視感という言葉など知ろうはずもなかった。「あの感じ」と心の中で呼んだ。兄弟たちと寛《くつろ》いでいる時に「あの感じ」は起きた。清美たちと遊んでいる時にも頻繁に「あの感じ」はやってきた。「あの感じ」は日常の至るところに隠れ潜んでいて、突然現れ、稔を記憶の隅へと引き戻した。

9

学校帰り、稔が一人で歩いていると、清美がこそこそ追いかけてきた。

「みのるしゃん、見せたかもんがあるっちゃけど」

清美は小声でそう告げ、後ろを何度も用心しながら振り返った。隼人や鐵造を気にしているのが稔には伝わってきた。稔は相手にせず、黙って家路を急いだ。銃を満載した船が桟橋に着く日だった。どんな銃があるだろうと朝から気になって仕方なかった。このところ外国製の珍しい銃が三八銃に混じって大量に送られてきていた。

「なあ、みのるしゃん、ちょっとでいいけん、足ば止めてくれんね」

清美は拝むような真似をしながら、ぴったりと稔の横にくっついて様子を窺《うかが》った。稔が家の手伝いに追われ出てこなくなると、清美は隼人たちに限度なく苛められるようになっていた。稔は用水路に架かった古い橋の真ん中で足を止めた。振り返り、なんか、見せたかもんて、と面倒くさそうに訊《き》いた。

清美は含羞《がんしゅう》の笑みを漏らしながら、小さな目をより陰鬱に細め、

「し、死体があるっちゃん」

と顔を引きつらせて告げた。

稔は清美の不安げな顔を見つめた。

「死体てか」

今度は稔が辺りを振り返り、誰もいないことを確かめて聞いた。

「し、死体の腐っていくところば見たかって言うとったやろ」

清美は稔に擦り寄って同意を求めてきた。

「今朝、早津江川の方で水死体が上がったことは知っとるやろ。そ、そ、それが身許が分からんけん、分かって火葬さるるまでんあいだ、う、うちの納屋《なや》にあるったい。今日は一晩家で預かることになるやろうけんで、納屋ん中ば見んなって、父さんが言うとった」

清美の目は震えながらも、稔の感興《かんきよう》をそそろうと必死だった。断片的な噂で誰も正確な情報を摑んではいなかったが、朝、学校でも水死体が上がったことは噂になっていた。

「父さんは別の火葬で出とらすけん、誰もおらんたい」

稔は清美の首根っこを摑んで、おまんは見たとか、と聞いた。清美は、い、いや、まだ見とらん、とだけ吃った後、咳き込んだ。

二人はそのまま清美の家を目指した。納屋には鍵が掛かっていたが、清美が、裏に抜け穴がある、と稔の腕をひっぱった。裏手を流れる用水路沿いに板の腐った箇所があり、そこに子供がやっと通れるほどの隙間が空いていた。清美が青白い顔をしてその穴を見つめていた。稔は清美の背中を押した。清美は一つ頷くと、大きな体を腹這いにさせて先に潜った。

稔が中に入ると、異臭が既に室内に立ち込めていた。納屋の真ん中に台があり、そこに筵《むしろ》が掛けられていた。中程が膨らんでおり、下に死体があることは明らかだった。

稔が清美の肩を背後から摑むと、清美は大声を上げた。慌てて清美の口を手で塞ぎ、馬鹿、と低く力を込めた声で言った。心臓が落ちつくのを待ってから、稔は清美の手をゆっくりと離した。

「ば、罰《ばち》があたらんやろかのい」

清美はそう呟いた。拝めば大丈夫たい、と告げると稔は手を合わせた。清美も続いて手を合わせ、なむあみだぶつ、と囁《ささや》いた。

稔が筵に手を掛けた。いきなり清美は稔の腕を摑み、みのるしゃん、と泣きそうな声を上げた。なんばすっとか、いまさら、と稔は口先を尖《とが》らせた。稔と清美がもみ合ったので筵は台の上からするりと滑って落ちた。

二人は同時に死体を見たが、見たものを完全に認識する前に二人は死体という圧倒的な存在に打ちのめされ後ろに引っ繰り返ってしまった。心臓が飛び跳ね、動悸《どうき》で呼吸もままならないほどだった。稔はしがみつく清美を払いのけようとしたが、体は岩のようだった。火葬場守の伜《せがれ》やろもん、と稔は清美を怒鳴りつけたが、その声も震えていた。

死体は稔たちと同じ年頃の少女だった。遺体から服は脱がされており、長い髪の毛は少女の硬直した死体に張りついて、青い皮膚に唐草模様を描いていた。腐乱はそれほど酷《ひど》くはなかったが、上流から流されてきたあいだに出来たものか、幾つもの箇所で切れたり裂けたり傷《いた》みが激しく、ところによっては生々しい肉片が露出し、皮膚も黒ずんだり青かったり変色が甚《はなは》だしかった。腹部の損傷は特に酷く、腸の一部が、裂《さ》けた皮膚の間から飛び出していた。その下の少女の性器の膨らみをこれほど間近に見つめることは初めてだったので、覗き込み、観察をした後、お互いの感想を求めあうように素早く目を合わせたが、具体的な言葉にはならず、奇妙な恥じらいと戸惑いだけが残って、視線を逸らした。

瞼は閉じられていたが、驚くことに顔は、そこだけが何によって守られたのか無傷だった。青色にやや変色した頬や額はつるりとしており祭りの時に見た仮面のようだった。

突然目が開きそうな気配が、閉じられた瞼の長い睫毛《まつげ》の先に宿っていた。

稔は石太郎のことを思い出した。兄の死体は、父の意思によって家族には一切見せては貰えなかった。稔は横たわる少女と兄とをダブらせた。兄もこんな状態だったに違いない。稔は奥歯を噛みしめた。

「なんで、こん子は死んだんやろ」

清美が出来るかぎり声を潜めて稔に耳打ちした。稔はそれには答えず、少女の顔に触れてみた。いつしか恐れも和らいでいた。指先を通して稔の元にひんやりとした冷たさが伝わってきた。それは三八銃に触れたときのあの感触と同質のものであった。

10

稔が生まれて初めて白い仏を見たのはその夜のことである。

寒く、震えが止まらなかった。襖《ふすま》があいているわけではなく、気温も低いわけではなかった。なのに寒くてしょうがない。隣で眠る、すぐ下の妹の足に触れてみた。その奥で寝ている姉の手にも触れてみた。死体のような顔をしているが、誰もが自分よりもずっと温かく血の温《ぬく》もりがあった。父親の鼾《いびき》が室内を波立たせて、正体の分からない虞《おそ》れから唯一救いあげてはくれたが、その断続的な音も長く聞いていると獣の呼吸のようであった。

なぜ自分はこんなに寒いのだろう。布団をかぶってもどこからか冷えが押し寄せてくる。自分だけが、どんどん冷えていく。ふと、昼間の少女の死が感染したのではないか、と稔は考えて戦慄《せんりつ》した。何年か前にチフスが流行《はや》って、多くの死者が出たことがあった。その時死が感染するという考えが稔の中にとりつき、恐れさせた。暫く我慢してみたものの、天井は暗く押し寄せてきて、不安が稔を追い詰めた。稔は、初めて生に心細さを抱き、怖くなって母の布団の中に逃げ込んだ。

「どげんした」

寝ぼけながらも母は稔に訊いた。稔は震えながら、死が移ったごたる、と呟いた。母は、なんばねぼけよたこっば言いよっとね、と言って稔を抱きしめた。その時金子は、稔の体が高熱を発していることに気がついた。

稔はその夜より、熱病に罹《かか》って寝込んでしまった。学校も数日休むことになり、あまりの高熱の為に意識も何度か遠のいた。白い仏を見たのは、そんな中でのことだった。光の燦々《さんさん》と降り注ぐ中に、天井に届くほどの真っ白な仏が佇立《ちょりつ》していた。仏だと意識の中では分かるのだが、顔を構成する一つ一つの部位は曖昧《あいまい》で、目や口があるのかないのかは、その気高さの中に隠されてはっきりとは分からなかった。なのに表情だけはきちんと伝わってくる。落ちついた穏やかな顔であった。

稔はこの仏をその後、生涯数度に渡って見ることになるが、後の印象もずっと同じであった。目の輪郭が曖昧なのに、仏が稔を見つめているのが分かったり、微笑む口許の優しさを理解することができた。

すらっと伸びた立ち姿は、しかし丸みを帯びて女性的で、見上げている者の心を素直にさせた。仏は動くことはなかったが、全体は光に包み込まれて、仏の裡《うち》より滲み出る後光の波動は意思のある生き物のように仏の周辺で蠢いていた。

稔はその時、無意識のうち、手を合わせていた。拝んで、謝っていた。何を謝っていたのかは分からない。とにかく謝って謝って、目が覚めたら平熱に戻っていた。

11

緒永久こそが稔の初恋の人であり、また永遠に憧れつづけることになる女性ではあったが、稔の上に跨がってから、よそよそしくなってしまった。まるであれが口止めの接吻であったかのように、それきり稔を無視するようになった。一つの理由として稔のその後の急激な成長が上げられるだろう。眼に籠もりはじめた意志の強さの増加、その男らしい雄《おす》の視線のせいで緒永久は稔を単純に子供として扱うことができなくなってしまったのだった。さらに彼女が川向こうの川口村一ッ木の高等科へ通うようになったことも、二人を遠ざける原因となった。人気者の緒永久にはすぐに何人かの恋人が出来、幼い稔を相手にする時間もなくなっていた。

緒永久が時々土手を体格のよい青年と歩いているのを大勢が目撃して、そのことは自然に稔の耳にも届いていた。緒永久の男性遍歴はやがて島中の噂になり、いつも違った男と歩いている、とか、肩に手を回していたなどと、静かな島で目立った噂が一人歩きしていた。稔の成長とともに、緒永久と軍人との交接の記憶は日増しに頭の中で悩ましきトルソーへと形作られていき、稔の心中を苦しませた。

稔にとって緒永久は女という異性の最初の壁となった。そして稔はその幻影を追いかけることで成長していくのだった。

稔の記憶の中で活き活きしているのは、遠くを歩く緒永久ばかりだった。男と歩いていることもあった。一人で急いでいる時もあった。雨の中を濡れながら駆けていることもあった。大勢の女学生と笑いながら歩いている時もあった。土手の上をたった一人で行くのを見かけたこともあった。彼女の年老いた母親と並んで歩いていることもあった。

彼女が快活な兄弟たちと畑で榎《えのき》の実を遠くへ投げて遊んでいる長閑《のどか》な光景に出会ったこともあった。桟橋に佇《たたず》んでいるときは、思わず声をかけそうになりながらも、冷静に思い止まり、木の陰から彼女が渡し船に乗って霧に霞む対岸へと消えるのを見送るのだった。

しかし、それらはどれもが遠い記憶のように現実の稔から距離をおいて存在していた。稔の眼球は離れた場所から緒永久を追いかけたが、決して美しい一枚の絵に手を触れてその均整を汚すことはなかった。かつての記憶だけを大切に保管していたくて、そっと見つめていたわけではない。気安く声をかける前にもっと自分が成長し、軍人のように逞しく凜々しい大人になって彼女を支配する立場になりたいと思ったわけでもなかった。ただじっと見つめていたかったのだ。いつまでも自分の日常の一端に緒永久が景色の中の彩《いろど》りとして美しく存在していればよかった。生々しい肉体の記憶は、彼女から距離を保てば保つほど稔の心の中で現実味をいっそう増し、降り積もっては、苛立った心の表面を柔らかくさせるのだった。

稔は島の中で気がつかれないように緒永久を見つめ続けた。稔の手や足はその間に著《いちじる》しく伸びた。着物の丈が短くなり、突き出た足は暫くのあいだ恥ずかしそうに光に晒《さら》されたままであった。

12

いつまでも、永劫《えいごう》に、緒永久を見つめ続けていることが許されるほど島は広くはなかった。偶然狭い場所で出会ってしまうこともあった。稔は父親に指示され、川の反対岸にある金物店に針金やボルト等、工場の備品を買いに出かけた。その帰りの渡し船で偶然乗り合わせてしまった。出発しようとしている渡し船に緒永久が走ってくるのが見えた。鐡造の父親が走り込んでくる彼女を見つけ、船を止めた時、稔はその喜びを隠すことができず、心臓は激しく高鳴った。

緒永久はまっすぐ、待ち合わせをした友人のように稔のすぐ目の前にやってきて、ぴったりと船底に腰を下ろして座った。着物の裾が割れ、細い足が覗いた。息を切らせながらも、頭を空の方へ向けて、ひさしぶりたいね、と呟いた。

緒永久は稔に背中を見せるとわざと船から身を乗り出し、川面の水を手で掬《すく》ってみせた。緒永久のいっそう大人っぽく成長した体を背後から眺めた。思わずその豊満な肢体をほかの乗客たちの視線から守りたいという衝動にかられた。

緒永久はこちらへ向いて座りなおし、二人は見つめあう恰好となった。

「もう覗きぐせはやめたと？」

緒永久は小声でそう告げると、悪戯《いたずら》っぽく笑った。稔は口をすぼめ、馬鹿にされてはならないと緊張し歯を食いしばった。上目づかいでじろじろ見つめる緒永久の口許に笑みが浮かび、稔の自尊心をほんのすこし傷つけた。

「そっちこそ、男をどんどん変えとうそうやなかか」

緒永久は笑わなかった。彼女は行く手に広がる大野島を見つめた。

「狭か世界ばいね。こげん狭か田舎で生くっとはもういやたい」

ひとり言のような声に、稔はじっと耳を傾けた。船が次第に桟橋に近づきつつあった。いつまでも到達できなければいいのに、と稔はこっそり願っていた。

「うちね、今度嫁《よめ》ることになったとよ」

嫁ると？　稔は冷やかすように声を張り上げたが、内心は反対の気持ちで揺れていた。おとわしゃんのようなおなごば、誰がもろうてくれるとや。物好きもおっとたいね。稔は言いながら、抱きしめられた時の柔らかい感触を思い出して切なくなった。なんで自分が意地をはって、こんな嘘を吐《つ》かなければならないのか、と腹が立った。

「あん軍人か」

緒永久は稔を見た。そしてかぶりを振った。

「あんたの知らん人たいね。遠か街のお金持ちったい」

船が桟橋に着くと、緒永久は人に気づかれないように急いで稔の手を握りしめ、それからさよならも言わず、真っ先に船から飛び下りた。稔も慌てて下りたが、暫くの間どうしていいか分からず、桟橋の上で動けなかった。

13

家が同じ方向だったからそうしているのだ、と自分に言い聞かせながら緒永久の後を追いかけた。緒永久は時々振り返っては稔の様子を窺い、わざと立ち止まったり、早く歩いたりして焦らした。

成熟したあだっぽい肉体は稔の心を誑《たぶら》かした。絣の着物が腰の辺りで括《くび》れ、その下に実りきった果肉のような臀部《でんぶ》があった。あの遠い日に見た緒永久の尻を思い出して稔は勃起《ぼっき》した。いつしか性欲を理解できる体になっていた。自慰を知ったのは最近のことだったが、稔は緒永久と経験したことのない淫らな行いを夢想しない夜はなかった。

初めて夢精した夜、稔は緒永久と交接する夢を見た。目覚めて股間が汚れていることを知った時、稔はこの感覚も既視感の影響だろうかと驚いた。

緒永久が土手を駆け降り、葦原の方へと逸れたので、稔はふいに自分が誘われたのだと直感した。人けのない方へ自分を導いているのだ、と考えると稔は興奮した。身長よりも高い葦の中を二人は歩いた。そこでは光が遮られ水中を潜っているような涼しさがあった。日が、葦が風で揺れるたびに地面に揺れた。緒永久の歩く速度が弱まり、稔の焦る気持ちがつんのめり、次第に二人の距離が縮まっていった。

葦原の入り組んだ迷路のような道をくねくねとさまよった。もう緒永久は振り返らなかった。背後についた稔の足音が聞こえているはずだった。稔の肉体は未成熟ながらも興奮して、先端が濡れていた。かつて持ったことのないほど獰猛《どうもう》な感情が芽生えては稔を苦しませた。呼吸が苦しくなり、妄想が次々に起こった。眼球は臀部を凝視した。

緒永久は、用水路が前方を塞いだ葦原の突き当たりまでたどり着くと、そこで振り返った。真剣な顔をしていた。顎を引き、じっと稔を睨みつけた。怒っているわけではないが、誘惑するはげしい雌の目つきが小さな顔の中心で渦巻いていた。

「うちの後ばつけてどげんする気ね」

唇を嘗《な》めた。視線は稔を誘っている。稔はその媚態《びたい》に男を試されているのを理解しながら、一方でどうしていいのか分からなくて硬直した。

「おまんがこげん寂しかとこへおっどんば誘ったくせに」

稔は大人ぶった。緒永久は声を出して笑った。

「馬鹿。なんでうちがあんたみたいな子供ば誘わんといけんとね」

焚きつけるように強く吐き捨てて稔の脇を抜けて行こうとした。その時体が稔にぶつかった。

「どかんね」

身長はまだ緒永久の方が少し高かったが、稔の骨格のほうが勝っていた。憧れの顔が目の前にあった。大きな瞳にまじまじと見つめられ心は動揺していた。小さな薄紅色の唇はかつての感触をまだ止めているだろうか。

「いやばい」

稔はそう言った。手の届く所に緒永久がいた。次の瞬間目が覚めるような激しい張り手を浴びた。それが合図となって稔は抱きついた。緒永久は抵抗した。本気だった。二人は葦の茂みに倒れ込んだ。手が稔の顔を押した。抱きつきながら稔は顔を何度も叩かれた。ひりひりする痛みが骨を震わせ、頭頂に達し、性欲に火を注いだ。

二人は絡み合った。稔は緒永久の衣服を脱がせた。帯が邪魔して全裸にはできなかったが、乱れた着物と、乱れた髪が稔を唆した。そのうち緒永久が稔を受入れ、二人は初めて一つになった。

「おとわしゃん、好いとお。ずっと好きやったたい」

稔は我慢できず、激しく緒永久の名を呼んだ。

「よか。それでよかとよ」

緒永久は驚くほど冷静にそう告げた。短い間の幸福であった。緒永久は素早く稔から腰を抜くと、離れてしゃがみこみ、稔の勃起したままの濡れた性器を摑んだ。突然激しく手を動かしたので、稔の頭の奥が白濁し、稔はあっという間に登り詰めた。緒永久は、口を開いたまま意識を朦朧《もうろう》とさせている稔を抱き寄せた。強く強く何度も抱き寄せた。

「よかね、うちが結婚ばしても、ずっとうちのこつば思っとって」

緒永久は今度は絹のような優しさで言った。

「何が起こっても絶対に忘れんでね」

「忘れん」

「ずっとずっと一生うちんこつば好いとってね」

声が稔の耳奥に焼きついた。稔の記憶から離れることは生涯なかった。

14

それから間もなくして緒永久は熊本へ嫁《とつ》いでいった。馬喰の娘が熊本でも有数の地主の長男の元へ嫁ぐという話題で、島は一時持ちきりになった。出会いの切っ掛けは稔の耳には入って来なかったが、大川村で行われた祭りが最初の縁だったと後に聞いた。身分の違いを越えた結婚だけに、これからが大変だろう、と人々は噂していた。

大勢の人間が桟橋に彼女を見送りに集まり、緒永久はあの軍人が紅白の垂れ幕の船で来た時と同じように、やはり華々しい別れの演出の中を旅立った。島では一度も見たことがない艶《あで》やかな着物を着ていた。しかしその顔に滲んでいた涙が、稔には悲しみの涙に見えて仕方なかった。

緒永久が甕棺《かめかん》に入れられて戻ってきたのはそれから僅かに三年後、年号が明治から大正へと移った年の秋のことである。死の理由については、事故死とだけ伝えられていたが、島民は誰もそのことを信じてはいなかった。

稔は十四歳になっていた。大勢の人が緒永久の若い死を悼《いた》み、島中が暗く沈み込んだ。葬式が営まれているあいだ中、稔はじっとその仏壇の位牌《いはい》を睨みつけていた。緒永久の親は島の古くからの伝統に則《のっと》って、復活を信じ、遺体を火葬ではなく、昔ながらの土葬にした。甕の中に緒永久が眠っているのに、稔はそれに駆け寄ってすがりつくこともできなかった。大人たちは悲しみにくれながら、甕を土の中深く埋めた。土が棺の上に被《かぶ》せられると、あちこちで泣き声が上がったが、稔は泣けなかった。緒永久の死体や骨を見ていない以上その死を信じるわけにはいかなかった。生前の彼女の甘い香りや、存在の手応えだけが稔には生々しく残っていた。それを失わないためにも、稔は死を認めるわけにはいかなかったのだ。

この地方には土葬の場合、こんもりと盛り上がった土の上に、木製の墓標の他に石の板を置く風習があった。粗末な石の板で出来たもので、表面には緒永久の名前が記されていた。

夜、稔は家をこっそり抜け出した。緒永久の墓の盛土はひんやりと陥没しそうな冷たさがあった。墓標の石板だけが真新しく闇の中で月光を浴びてほんのりと浮きたっていた。稔は石板を抱きしめてみた。これが死なのか、と感じた。硬質な拒絶がここにもあった。稔はそのとき初めて涙を流した。

緒永久の名を小さく声に出してみた。当然、返事はなかった。盛土の下に彼女の死体があるのだと想像したが、実感はわかなかった。清美の家の納屋で見た少女の死体のことを思い出した。死体は壊れていく。死体は分解してしまう。細胞を束ねていた見えない磁力が死と同時に抜け出し、人間の肉体を崩壊させるのだ。その磁力こそが魂かもしれない、と稔は考えた。残った者たちが彼女を土葬にしたのもその磁力がまた緒永久に戻ってほしいと願ったからだった。

稔は墓標に触れてみた。決して温かくなることのない冷淡さがそこに在るだけであった。これが死なのだ、と稔は自分に言い聞かせた。

「おとわしゃん」

声にした途端感情が噎《む》せ、涙が頬を伝い手の甲を濡らした。稔は自分の涙の温もりを見つめた。それは確かにいましがた自分が流した涙の破片であった。緒永久はもう涙を流すことができないのだった。

稔は寝ころび、涙で濡れた頬を盛られた土に擦りつけてみた。石板よりは柔らかさがあったが、やはりひんやりと生を拒絶していた。稔は墓を抱きかかえようとした。腹這いになったまま手を伸ばしてみた。頬を土に押しつけ耳を澄ませた。もうこの世に緒永久の魂がないと考えて心が欠落していくのを覚えた。自分の生を支えた存在が消失したことを稔はどう理解していいのか分からなかった。もう二度と会えないのだ、と声にしてみた。二度と緒永久に会えないなどということは今までにはなかった。離れていてもいつかは会えるような気がしていた。どんなに遠くにいても会いたいと思い続ければいつかは会えるかもしれないというのが生だった。

「おとわしゃん」

肉体の腐乱は相当進行しているはずで、あの端麗《たんれい》な顔もあの均整《きんせい》の取れた美しかった肉体も今はこの地下で腐って崩壊しているはずであった。それはあの水死体の少女よりももっと醜く酷く、見つめることのできないほどの変質なのだろうと想像して稔は咽《むせ》び泣いた。

次々に流れ出る稔の涙は緒永久の墓の上に滴り続けた。

「おとわしゃん」

返事が永劫に戻ってくることはないという現実は稔には理解不可能であった。緒永久の本質はどこへ旅立ったのか、と考えた。緒永久を構成していた、あの存在を織りなしていたその根本はどこへ行ってしまったのかと考えた。緒永久の本質は消えてなくなってはいないような気がした。本当に全てが消え失せるのなら稔がこれほど感情を乱すこともなかった。流れる涙は生から死への肉体的な別れを惜しんでのことであった。緒永久の存在の本質はどこかへ飛翔《ひしよう》して温存されているはずであった。そうでなければ自分がこんなに思うことはできない。本当に消えてしまったなら、この記憶からもその存在は去らなければならないからだ、と稔は思った。泣きながら顔を上げた。そこには満月が在《あ》った。在るべきものが在ることに一瞬救われた。

「おとわしゃん」

稔は緒永久をもう一度呼んだ。死者の肉体は崩壊しても、死者の記憶はまだ生きている者の中に残っている。つまり緒永久は自分の中に今いるのだ、と稔は気がついた。自分が存在している限り、その生は消え去ることはないのだ、と。

稔は自分の生が在る限り、緒永久の記憶を決して薄れさせまいと心に誓い、墓標に接吻をした。

第三章

1

オーストリアの皇太子がサラエボで暗殺されたことが引き金となって、一九一四年第一次世界大戦が勃発《ぼっぱつ》し、同年の八月には日本もドイツに宣戦布告した。稔は十六歳になり、時々、大詫間の青年たちとの喧嘩に駆り出される以外は、大人しく家に籠もり、地道に父の仕事の研鑽《けんさん》を積み重ね、兄たちの出ていった後の江口工作所の家業を継いだ。

世界は次第に激しい歴史の渦の中へと引き込まれていったが、稔の歴史は相変わらず川の中でだけ流れ、外の殷賑《いんしん》とは隔絶していた。毎週久留米や佐世保から運搬される壊れた銃だけが、世界と島とを結ぶ唯一の掛け橋だった。稔は壊れた銃を父親と一緒に直し、また戦地へと送り返す日々を生きていた。曲がった銃身や折れた用心鉄《ようじんがね》やすり減った床尾鈑《しょうびはん》や割れた銃床などとの無言の会話だけが日常を紡いでいた。直った銃がどこで殺人を行っているのか、稔はその痛みや悲しみを真剣に想像したことがなかった。

成長したヌエと再会したのは、渡し船の上でのことだった。浅黒い顔に記憶があった。しかしそれは記憶が立ち止まるようないつものあの既視感ではなく、いつまでもなくならない確かな記憶の反復であった。あの少年の頃に隼人が放尿した大詫間の浅黒い少女、あるいはままごとで稔の妻となった父の同級生の娘のヌエだった。ヌエは相変わらず痩せてはいたものの、女らしさも仄かに膨らんで、死んだ緒永久とは正反対の垢抜けないが清楚《せいそ》な女性に成長していた。絣の着物も綻《ほころ》びをうまく繕っており、裕福ではないが、貧しさを乏しく見せない気配りがあった。

記憶の中の、ぬかるみにうずくまる見すぼらしい少女の面影はもうなく、大人になろうとしている目の前のヌエのうなじのなだらかな流れは、稔に、欲望とまでは言えないものの、円《まど》やかな感情の隆起を伝えた。桟橋を離れる瞬間、船は一瞬大きく揺れ、バランスを保とうとしたヌエが振り返り、初めて彼女は稔に気がついた。

「大野島のみのるしゃんでしょ」

稔は頷いた。ヌエは小さくお辞儀をすると、恥ずかしそうに俯《うつむ》いた。将来結婚をすることになる女性との新たな縁のはじまりだったが、稔の頭の中では、隼人の放尿を我慢する幼い頃のヌエの顔が浮かんで記憶の中で明滅し、顔を赤くさせた。

ヌエは緒永久のように積極的な女性ではなく、控えめで物静かな女だった。

稔はヌエを大詫間の彼女の家まで送った。稔にしてみれば、異性に対して初めて取った紳士的な行為だった。どうしてそんなことが出来たのかは稔自身にも分からなかった。送っていこうか、と思わず口にした時、ヌエも即座に、はい、と答えた。

黙ったまま並んで歩きながらも、稔には自分が取っている行動の真意が理解出来なかった。むしろ、誰か、つまり隼人たちに見られやしないか、と気が気ではなかった。

「さっき、渡しん中で目が合ったとき、あん瞬間、前にも同じ場面をどっかで見た気がしたっちゃけど。わたし、そげんこつがよくあるったい」

ヌエが葦辺に差しかかった時、ぽつんとそう告げ稔を驚かせた。

「そげんこつ」

「うん、どっかで見たっちゃけど、思い出せん光景たい」

おれもたい、と思わず稔は身を乗り出して言った。

「小さい頃からしょっちゅうそげんか感じ、感じとしか言いようがなかったい。言葉でうまく言えんもんね。どこやったかねって思う懐かしか気分とでも言うんやろかのい」

稔は幼い頃から続く既視感をヌエに説明した。もっともそういう呼び方など分かろうはずもなく、記憶にない過去が蘇る感覚、と説明した。

「あんしゃんたちゃ友達に聞いてものい、そういう経験の分からんもんもおるし、たまにはあるというもんもおる。しかしおっどんみたいにしょっちゅう見るもんは周《まわ》りにはおらんかった。……自分がなんかの病気やなかやろかと心配しよったところたい」

ヌエは稔の顔を見つめ、勢いづいた稔が話し終わると、全てを納得したという表情でぽつんと頷いた。

「わたしも同じったい」

稔はその一言でなぜかひどく安心し、落ちつくことができた。永い間に心の中に居すわったわけの分からない不安がどこか遠くへすっと消え去ったような爽快な気分だった。同じ、という響きが稔を包み込んだ。

それからまた少し歩き、沈黙のあとヌエが言った。

「みのるしゃんは魂って信じるかん？」

稔は眉根を引き寄せ首を傾けた。

「輪廻《りんね》って知っとうね」

「りんね？」

「大詫間の和尚さまから聞いたとばってん、輪廻ってさん、人間は死んでも魂は死なんでからに、新しか人ん体に宿るっちゅう、なんかな、決まりごとがあるらしか」

「なんか聞いたこつあるばい」

「そんで魂は延々《えんえん》死なんでから次々に新しか人ん体に移って行くったいね」

稔は、なるほど、と頷いた。

「だけん肉体に宿る前に別の肉体に宿っていた時に経験したこつば魂が記憶していたらあげんことが起こっても不思議やなかもんね」

魂の記憶か。稔は昔長四郎に言われた前世の記憶のことを思い出していた。

「で、もしそげんだとしたら、おっどんは前に誰か別の人間だったことになるわけたい。それもこの近くの土地で生きてきた誰か」

「そうたい、それも一人ではなか。何代も生き続けるとすりゃ、かなり昔の人の魂の記憶ももっとるっちゃなかかな。それに場所だって移動することになるっちゃなかやろか。初めて訪れた土地であん感覚が起こるとはそげんか理由たい」

「魂っちゃ生きもんかのい。なんか生きとりゃせんごたるばってん」

「うちは魂は生きとるって思うったいね。生きて魂は次々に人生を経験するこつで強く賢く立派になっていくとやなかやろかって思うとたい」

稔はヌエの家まで向かう間、ずっと既視感を感じていた。ヌエという女性が自分の隣を歩いている確かな記憶。かつてどこかで明らかに経験した感覚に、大きな戸惑いを覚えながらも、魂という奇怪なもう一つの自分を見つめようと稔は掌を広げてその中心を覗き込むのだった。

2

鐵造は渡し船の船頭になるために、父親の船に乗り込んで補助櫓を漕いでいた。エンジン船になるのは第二次世界大戦後のことで、まだ渡し船は二丁櫓と呼ばれる櫓漕ぎ船であった。鐵造の父親が船頭をし、鐵造は船の側面に取り付けられた補助櫓を操って、船が流されないようにした。

大雨のたびに川が氾濫《はんらん》を起こしたので、流れが詰まらないようにと、明治四十五年にドイツ人技師の設計によって、チンショーと地元民に呼ばれる石を半円状に盛った道流堤が川の真ん中に出来た。道流堤は川を二分する石の堤で、川が曲線を描く場所に長さ数百メートルに亘《わた》って作られ、水流を制御した。桟橋のある辺りには船が行き来できるように切れ目があり、渡し船はその真ん中を通って桟橋から桟橋へと往来した。

鐵造は朝五時から夜九時までのこの仕事をあまり楽しく思ってはいないようだった。稔にそのことをよく愚痴《ぐち》っていた。

「ぼくはいつまっでん、こげんとこにおるつもりはなかぞ」

鐵造は小柄だったが、櫓を漕ぐ腕の筋肉だけはよく発達していた。彼の大きな眼鏡の中でおどおどした二つの細い目が落ちつかず動き回っていた。

「みのるしゃん、ぼくは一生こげん単純か仕事ばして人生ば終わらせるつもりゃなかばい。ぼくはね、こげん小さか島ん中で船頭で終えるつもりもなかばん。ぼくの夢はの、外国さん出かけて世界ば股に掛けて生きるごたる仕事ばするこったい。ぼくは、絶対近い将来ここを抜け出て成功ば摑んでみせるけんのい」

興奮すると「ぼくは」を連発するのが鐵造の口癖だったが、彼に島を出ていく勇気がないのは稔には分かっていた。

「ぼくはね、アメリカへ移民するつもりたい」

「アメリカ。なんでの」

「アメリカは自由の国やけんね」

稔がふっと笑うと、鐵造は、なんで笑うとかん、と大声を上げた。

「こら鐵《てつ》、無駄口たたく暇はなかぞ。船が流されようが」

後ろから檄《げき》が飛び、鐵造は大きな眼鏡を一度手の甲で押し上げてから、ちっと舌打ちをした。父親の様子を窺ってから、今度は小声で、君は一生鉄砲屋でよかとか、と囁いた。稔は船の縁に肘をついて川面をじっと眺めた。兄石太郎よりも自分が歳をとってしまっていることに不思議な戸惑いがあった。あの時、石太郎は時間を止めてしまったのだろうか。稔は成長した兄を知らないはずだったが、不思議なことに兄は稔の心の中で成長し、思い出す兄はいつも年上であった。

「おっどんは鉄砲をいじるのが楽しかけん。それにおっどんはこん島ん中で充分ったい。あんしゃんたちみたいに外ばかり見ていたってきりがなかやろもん」

「なんな夢んなか男たいな。島ん中で充分っちゃ、清美並の考えばいね」

鐵造は笑った。自信のなさそうな弱々しい笑みであった。

「夢は何かあっとか」

船が新田桟橋に到着しそうになると、鐵造が聞いた。男の客たちが、手を伸ばして船が桟橋にぴたりと着くように協力した。稔が真っ先に飛び下りた。

「夢か、夢は日本を勝利に導くようなすごか銃ば拵えるこったい」

足許がオンドロと呼ばれる泥で滑りやすくなっていた。稔は足を蟹《かに》のように上手に上げ下げしながら桟橋を歩いた。鐵造の声が背後から追いかけてきた。

「よかか、ぼくはいつまっでん今のぼくやなかっぞ」

稔は振り返らず、頭上高く手を振り上げ、分かった、とそれに応えた。

3

ヌエと会う回数が増えた。緒永久のことがいつまでも心に重く覆いかぶさる日々の中、ヌエとの会話が唯一、稔の心を楽にさせた。自分を世界が認めてくれたような安心感があった。会話がなくとも一緒にいるだけで不思議と癒《いや》された。緒永久に思い焦がれた時のような胸が切なくなる恋ではなかった。それを恋と呼んでいいものかさえ分からないほどの感情の揺れであった。

仕事が終わると夕暮れ時に大詫間の川原で待ち合わせをした。並んで座り、いろいろなことを話した。ヌエは、うんうん、と頷いた。自分の内面を説明したのはヌエがはじめてだった。彼女といると自分がはっきりとこの世界に存在していることが分かった。

日が暮れると満天の星空になった。じっと目をこらしてその輝きを見た。

「うちはね、こうやって星空を見るのが好《す》いとっと」

ヌエの声は風の音に混じって柔らかく響いた。

「どっかにうちの考えに似た生きかたをしてる人がおっとじゃなかろうか。そげんかこっぱ心に思い描くとが好いとったい。そん人にも家族がおって、大事な人がおっじゃろうなあて思うと、なんか胸がきゅってなる」

稔は頷いた。そっとヌエの手に触れてみた。かさかさした皮膚とその下にある細い骨のこりこりした感触が小動物のような弱々しさを伝えていた。

「なんで人はこの世に生まれてくっとじゃろか」

ヌエは稔の手を握り返した。

「なんでやろかのい」

稔は呟いた。二人はそれから暫く黙り込んでずっと夜空を見上げていた。稔の感情は落ちついていた。激しい恋心というようなものに振り回されることはなかった。包み込まれ安らかになった。ヌエという女の持つ潜在的な優しさのせいなのだろう。ずっと一緒にいられたら、と稔は考えた。恋なのか。稔はそう考えるとふいに可笑しくなった。どこが好きなんだろう。ヌエの横顔を覗き込んだ。瞳に星明かりが反射して薄く縁取っていた。家族を見ているような切なさが溢れて思わずため息を漏らしてしまった。

4

青年団の集まりには隼人も清美も顔を出していた。小学校を卒業してからは、当時のように四人で遊ぶことも少なくなっていた。家の仕事に追われ、子供の頃のような年がら年中の付き合いは減った。それでも四人が集まれば、すぐに昔の感覚が蘇って和んだ。もう清美は苛められることはなかったが、立場は相変わらずで、気性のますます荒くなった隼人の気分で肩を小突かれたり、足を引っかけられたりした。

「い、痛か、なんばすっとか」

清美は色白の頰を赤くして、文句を言った。隼人はじっと清美の目を覗き込み、気がくしゃくしゃするけんたい、とすごんでみせた。鐵造は口許に笑みを溜めながらも、隼人と一緒になって昔のように手を出すことはなかった。稔は相変わらず止めもせず煽りもしなかった。それでも四人の関係が悪くなることはなく、清美と隼人はすぐに兄弟のようにじゃれあった。

青年団の会合は、深刻な島の経済状態についての先輩の眠たくなるような説教だった。島を新しい世代でなんとか盛り立てようと、毎回お馴染みの宣言で締めくくられた。四人は隼人が持ち込んだ地酒を集会の帰り道に回し飲みして景気を付けた。青年団長の家を出ると隼人が、働くようになって少しは世の中楽しくなるかって思ったばってん、そげんかこつもなかばい、と吐き捨てた。すっかり辺りは暗く、四人は家路に向かって県境の往還を歩いていた。

「そう言えば、子供ん頃に大詫間さん攻撃ばしかけたこっがあったやろ」

思い出すように鐵造が告げ、おお、と隼人が目を輝かせた。

「あった、ばってん相手は色の黒か女子やったのい」

稔を除く三人が笑った。稔は彼らから視線を逸らし、俯いてしまった。

「そしたら、こいつがそん子にしょんべんばかけたろうが」

鐵造が隼人の肩を小突いた。隼人は、清美が根性ばみせんけん、おれが男らしさばみせつけてやったったい、と自慢げに告げた。笑い声を聞いていられなくなった稔は酔いも手伝って隼人の首根っこをねじり上げた。なんばすっとか。隼人は驚き、最初は冗談かと思っておどけていたが、稔の拳《こぶし》が顔面を殴打した瞬間に、それが本気なのだと分かった。

「どげんしたつ」

殴られて地面に転がった隼人が、頬を押さえながらそう告げた時、闇の中から無数の石が飛んできて稔たちを襲った。同時にどこからともなく奇声が上がった。稔たちはすぐに大詫間の連中に取り囲まれたことに気がつき身構えた。あっちこっちから竹を振り回して大勢の青年たちが飛び出してきた。普段は取決めのように夕暮れ時に喧嘩をすることになっていたので、四人は気を許していたのだった。撓《しな》った竹の棒が四人を容赦《ようしゃ》なく叩いた。抵抗したが、なんとか被害を最小限に食い止めるために自分の頭部や顔を腕で守るのが精一杯だった。稔は路上に倒れ込みながら、相手の数が二十人は下らないのを知った。隼人が、ひきょうもん、と大声で叫んでいたが、その声もまもなくおとなしくなり、後は意識が遠のいて、気がついたら四人とも往還の上に倒れていた。

稔は仰向けになり星の瞬く空を見つめ、ヌエのことを考えていた。苛立ちが力によって押さえ込まれると、あとに残る透明な感情の風を感じることが出来た。傷みが生きていることを確かに稔に伝えてきた。殴られた箇所が別の生物のようにどくどくと血液を全身に送っていた。死んだらどこへいくことになるのだろう。不安とは違う問い掛けが聞こえた。背中に闇の大地を感じながら、自分がこの瞬間にこの地上で生きている不思議を思った。目を閉じると、地面の底の方から銃声が聞こえてきた。砲弾が炸裂する地響きも聞こえてきた。もっと底の方から逃げまどう人々の必死な声が届いた。銃声は次第に大きくなり、鼓膜を叩き続けた。再び稔は暗く終わりのない記憶の底へと落下していくのだった。

5

四年後、稔はシベリアの地に立っていた。見渡す限り雪に覆われた極寒《ごっかん》の大地が稔を圧倒して、その時握りしめた銃だけが彼の存在をそこに止める一本の支柱であった。初めて経験する寒さは、ソビエト赤軍の攻撃よりもじわじわと稔の肉体を小刀で切り刻むように責めたてた。

吹雪になると視界はますます狭《せば》まり、打ちつける雪片に瞼さえも思うように開かず、しかも睫毛や鼻孔の奥まで凍りついて、肉体が寒さに順応できず精神が不安定になった。気を抜けず、かといっていつ来るかも分からない敵をただぼんやりと待つにはその荒涼《こうりょう》とした世界は虚無の固まりのように跳ね返りが無く広大過ぎた。

徴兵によって憧れの軍人になることができた稔は、国内兵役勤務を数カ月経験した後、大正七年八月に政府が出したシベリア出兵宣言を受けて動員された七万三千に及ぶ兵士の一人として日本海を越えた。日本は英仏を中心とする連合国の協定を無視し、反革命軍を援助することによって東部シベリアを日本の勢力範囲にしようと企て、バイカル湖以東の各地でソビエト革命に干渉した。稔のいる中隊も同年十二月シベリア居留民保護を名目に東シベリア、ポワラノイスクの町に駐屯した。人口二千にも満たない町で、資源らしいものは何もなく、ここを防衛しなければならない理由も定かではないような、辺鄙《へんぴ》な土地だった。臨時の兵舎はかつてウオッカの倉庫として使われていた木造の古い建物で、いくらペチカを焚いても、壁の隙間から漏れ込む風の冷たさには打つ手がなかった。

本隊はそこから五キロほど南下したブエロヤルスクに駐留しており、稔の隊は周辺を偵察するために配置されたに過ぎなかった。交代で、いつ攻めてくるか分からない見えざる敵のために昼夜を問わず外に立ったが、眠気と寒さと恐れの板挟みとなり、向かって来るものの正体が見えず、神経はいつも張りつめて休まることはなかった。

稔は四、五人の兵士たちと、兵舎からすこし離れた塹壕《ざんごう》の中にいた。稔の眼球は一面灰白色の視界を睨《ね》めつけていた。九州から出たことがなかった稔にとってこの町は初めての外の世界であると同時に、生と死の異境でもあった。

ここでだけは死にたくないというのが兵士たちの口癖だった。それほどに寂れた何もない光景は、育った日本の風土とはあまりにもかけ離れ、祖国のためにと思っても、ここで命を落とすのは辛すぎた。

稔は気配がするたびに吹雪に向かって三八銃を何度も構えた。しかしそれは雪の重みで折れた木々の枝だったり、力強い吹雪だったり、あるいは密《ひそ》かに生息する北国の小動物が餌を求めて駆け回る光景だった。

ある時、雪景色の中から木こりの夫婦が背中に薪を背負って稔たちの眼前に姿を現した。その静かな登場に、稔は咄嗟《とっさ》に銃を構えたが、ロシア人夫婦は毅然《きぜん》として媚びることもなく稔を見返した。その窪《くぼ》んだ瞳の奥底の異質な視線に、稔は自分たちのとっている行動に間違いがあるのではないかと疑念を深めた。国内の世論も今回の出兵には、いつものような浮かれた反応はなく冷やかであった。

「好きな人はおるか」

同じ塹壕にいる兵士が訊ねた。長崎出身の農家の長男だった。風が強く吹き出したために粉吹雪が舞い、僅か数メートルのところに立つ男の姿は見えず、声だけが届いた。目を凝《こ》らすと、塹壕の奥に男の朧《おぼろ》げな背中が見えた。声でも掛け合わなければ、自分だけが宇宙の真ん中に取り残されてしまったような孤独の世界だった。

稔は記憶の向こうに光るものを見た。男と会話を交わしながら、何かがもう一つの意識のずれにもぐり込んで瞬いた。光は稔を包み込み悲しみが感情の底から滲み出てきた。慌てて稔は眼球に力を込め直した。しかし視界は相変わらずの吹雪であった。

「いや、恋人っちゅうほどんもんじゃなかばってん」

稔はヌエのことを思った。ここのところ毎晩凍りついた布団にもぐり込むと、夢の中に彼女が現れた。切れ長の瞳が浅黒い顔の真ん中で輝き、しとやかに稔の心をくすぐるのだった。鼓膜が痛んだ。網膜にも激しい痛みが走った。

「返事ばせんね。そん女子《おなご》との結婚ば考えよっとやろ」

男は雪の果てから問うた。稔が、そげんこつはまだ、と慌ててかぶりを振った次の瞬間、すぐ目の前の奥行きのまるでない視界が光を吐き出した。閃光の中に身を浸したような光のただなかにいた。膨らむ恐ろしい光を稔はもう一度、今度は現実として体験しているのだった。身を庇《かば》う間もなく、爆裂音が一帯に響き渡り、稔は爆風で後方へはじき飛ばされた。同じ九州出身の男も稔の足許へ倒れ込んできたが、顔を隠した両手が既に鮮血で染まっていた。あちこちで銃声が響きはじめ、稔は突然のことにどうしていいのか見当もつかず、銃を抱えたまま倒れ込んだ男をただじっと見下ろすことしか出来なかった。

6

稔は初めての戦闘の恐怖に、一度も三八銃を撃つことができなかった。そればかりか倒れ込んだ男を介抱することもできず、兵舎から駆けつけてきた他の兵隊が、棒立ちになった稔を塹壕の中へと引きずり込むまで、全く身動きもできない有り様だった。

兵士は死なずにすんだが、顔中に包帯を巻き、重症のまま最前線から本国へと送り返されることとなった。稔は倒れ込んだ男のことがいつまでも頭から離れなかった。まるで自分のせいで彼が負傷してしまったような責任感に暫《しばら》く苛《さいな》まれ、口数の少ない稔はますます言葉を放棄し、心を痛めた。

翌日から木こりに成りすました赤軍兵士を撃滅させる作戦が展開され、稔の班を含む幾つかの小隊がその根拠地と思われる森を包囲することになった。もっとも森を包囲するといっても、どこに森があるのかも分からないような、視界のまるでない世界を、ロシア語で書かれた古い地図だけを頼りに目見当《めけんとう》で包囲するのだから、無謀としか思えない作戦だった。軍人の意地に他ならず、吹きつける粉雪の中を目を細めながら兵士たちは誰もが無言で進むしかなかった。

兵隊は軍服の上に一応厚手の外套を羽織ってはいたが、とても耐寒服といえるようなものではなかった。極寒地での戦闘に耐えられる防寒服はまだ確定しておらず、被服本廠の技術員がその地で種々修補調製した暫定的なものであった。防寒着といっても、軍《ぐん》衣袴《いこ》の上に重ね着るもので、山羊《やぎ》毛皮の裏地に茶褐色の綿布を表とした外套にすぎなかった。凍える足許も、木綿靴下の上に、毛メリヤスの靴下を履きそえただけだった。

寒さはもっとも手ごわい敵だった。兵士の体を刻一刻と凍えさせ、思考を幾度となく停止させた。そこには塹壕も兵舎もなかった。どこまでも続く雪景色だけが延々とあるだけなのだ。吹雪になると小隊は大木の根元で身を寄せ合うように体をくっつけあって、天候が回復するのを待つしかなかった。

稔はヌエのことを思うことで、寒さを忘れようとした。頬はすっかり感覚が無く、意識もどんどん肉体の奥底へと落下していった。ヌエ、と心の中で呼んでみることで自分がまだ生きていることを確かめるという具合だった。

銃を背負ったまま小隊は雪をかき分けて進んだ。一列になって、道なき道をひたすら見えない標的目指して進むのだった。いついかなる時にねらい撃ちされてもおかしくないような愚かな進軍だったが、それでも進むしかその時の稔には許されてはいなかった。

防寒靴の中にまで雪の冷たさは滲み込み、足は凍傷の一歩手前の状態であった。毛メリヤスの防寒手袋の上にさらに兎毛皮製の大手袋をはめたが、手は銃を握ることとさえ出来ないほどすでに凍えて、指先は固まって動かなかった。

兵隊は三八銃の弾を百二十発常時携帯しなければならず、耐寒装備と合わせれば数十キロもの重量であった。加えて体の芯まで冷えが到達して、踏み出す一歩は巨大な鉄下駄を履いたように苦しく重たかった。

7

どれほど森を進軍しただろうか。遥《はる》か彼方から吹きつける風に乗って銃撃戦のような連続する銃声が届いた。小隊は全員中腰になり、耳を澄ませ八方を意識した。森の彼方で他の小隊が赤軍と銃撃戦を行っているに違いなかった。しかし吹雪に流された銃声は、その方角さえも明らかにはしなかった。時間だけが虚《むな》しく流れていった。

「どっちだ」

焦る小隊長が大声を張り上げた。兵隊たちは頭巾《ずきん》式の防寒帽の耳掛け部を持ちあげ、耳を何度も傾け、頭を左右に振った。別々の兵隊が、あっちです、と別々の方向を指した。小隊長は立ち上がり、雪の中を駆けずり回って戦闘の行われている方向を必死で捜し求めた。

吹雪の合間をぬって、再び銃声が、今度は明らかな方角から届き、兵士たちを脅えさせた。そこでいったいどんな戦いが行われているのかを誰もが想像し、肉体は硬直した。

「よし、あっちだ。急げ」

小隊長の勇ましい掛け声で兵士たちは立ち上がり、雪の坂道を上り始めた。稔には自分の呼吸音だけが届いていた。大詫間の青年たちに襲撃された県境の往還とここは全くの別世界であった。

前を行く兵隊の足許だけを見失わないように稔の眼は追いかけた。銃声はまだ時折こだましていた。しかしその数は次第に遠ざかり、現場に到達した時はすっかり鳴りやんでいた。

吹雪が瞬間止み、眼前に雪原が浮上し、そこには血を流してわめき続ける負傷者と、それとは対照的に全く動かなくなった幾つもの死体が転がっていた。

8

前線の基地まで援軍を呼ぶために稔はもう一人の兵隊とともに伝令を命じられ、再び吹雪《ふぶ》きだした森の中を走った。

赤軍捜索のために森を登った時とは違い、二人は一目散に森を下った。残った小隊のことも気掛かりだったが、恐怖が稔を焦らせた。これは悪夢ではなく現実なのだと考えれば考えるほどふくらはぎに力が入った。雪で覆われたまるでこの地の守護神のような高い木が、吹雪く視界の先から音もなくすっと立ち現れては、摑みかかろうとしてくるのを必死でかわして走った。

前を走る男からどんどん遅れをとっていた。三八銃の長い銃身が枝にひっかかって邪魔だった。その時銃声が一帯に響きわたった。至近距離からの発砲だった。前を走る男が腰から落ちるように雪の中へしゃがみ込み動かなくなった。稔は樹木の陰に飛び込み、銃を構えて辺りを急いで見回した。頭から雪をかぶり、それを慌てて手で払った。口は開きっぱなしで、目は瞬きもできないほどに緊迫して敵を探し続けた。目眩《めまい》に襲われ、それは悲しみや恐れや怒りといった様々な感情にかき回された。再び銃声がした。稔は頭から雪の中に飛び込んだ。冷たさも分からなかった。十メートルほど先で、前を走っていた男がうずくまっていた。頭《こうべ》を垂れ手足を広げて、糸の切れた操り人形のような恰好だった。稔は男の名を叫んだ。その声に反応するかのように銃声がまた炸裂した。近くの大木に被弾し、樹皮が捲《めく》れて煙が上がった。

稔は木の陰から敵を探した。時折強まる風のせいで、視界はいっそう閉ざされた。稔は前方でうずくまる仲間の死を見つめながら、かつてないほどの恐怖に震えた。自分も死ぬのかもしれないという明らかな虞《おそ》れ。そこら中に死があった。稔は死に包囲されていた。圧迫する死、じりじりと向かってくる死、決して逃れることのできない死であった。自分は死ぬかもしれぬのだ、と考え、まだ死にたくはない、と思わず言葉が溢れた。

これが夢であればと願った。必死で握りしめた銃には確固たる現実感が滲んでいた。敵はうずくまる死体のさらに先の大木の陰にいた。一人のようだった。長い膠着《こうちゃく》が続いた。稔は三八銃を構え、戦意が薄れていないことを伝えるために取り敢えず闇雲に引き金を引いた。爆裂音が響き渡った。動物が相手を威嚇《いかく》するために吠えるのに似ていた。

銃を握りしめる稔の手はかじかみを通り越し、感触は既になかった。自分の運命が会ったこともない人間に委《ゆだ》ねられているのが不思議でならなかった。相手はどんな人間なのだろうと想像をしてみた。相手も同じように雪の中に身を隠して稔の動きを待っているのだ。彼の頭の中にも恐怖はあるはずだった。自分と同じように家族もいるはずだった。友人や恋人もいるに違いない。

稔は生まれて初めて、三八銃を殺人兵器として見た。それは大野島の工場で修理している時に見つめたあの手慣れて気軽な感じとは全く異質だった。稔は銃を修理しながらその銃が戦地で背負ってきた無数の痛みを見ないで来た。全く見ようとしないでただ機械的に、あるいは即物的に、壊れた箇所のみを修理してきたのだった。なぜそれが壊れたのかという本質を見ることが出来なかった。

もしも今ここで銃が壊れたら、引き金を引いて作動しなくなったらと考えた。銃がこの瞬間使用不可能となったなら、自分は死ぬ。そして後からやって来た援軍に死体と銃は発見されることになるだろう。肉体はポワラノイスクで荼毘《だび》に付され、銃は貨物船に乗って日本に帰ることになる。そして大野島のような長閑《のどか》な修理工場で、修繕されるはずであった。たぶん螺子《ねじ》が一つ曲がっていたり、小さな螺条《スプリング》に欠陥が発見されて、自分に似た熟練工が僅か五分で故障を直しては、また簡単な手続きの後、戦地へと戻されるのだ、と稔は考えた。

稔は三八銃を見つめた。硬い鉄の確かな存在がそこにはあった。人格に影響された存在ではなかった。もっと恒久的な道具、使命を担った冷徹な物質としての存在だった。生き物ではないはずなのに、銃は稔の生をその瞬間支配していた。三八銃は稔の肉体だけではなく運命までをも操ろうとしていた。稔は銃の性能だけを信じて敵と向かい合っていた。向かい合うことがその時の唯一の存在証明であった。

頭の中で、稔は何度も銃を分解しては組み立てた。そうすることでどんな非現実的な事態が起こってもすぐに対処できる可能性を模索しているのだった。銃床がどの螺子で他の箇所と繋がっているのか、銃身がどの角度で接続されているのか。弾倉の螺条《スプリング》はどこを基盤にして成り立っていたか。引き金の傾斜角度は。

突然不安が押し寄せて、稔は銃を抱えなおさなければならなかった。ふいにこの銃は故障しているのではないか、と心配してしまったせいであった。自分の修繕に不備があり戦場で役に立たないことがかつてなかっただろうかと考えてしまった。一度もなかったと言えるだろうか。直したと思って戦地に送り返した銃が完全に直っておらず、それを使用した兵士が死んだということがこれまでに一度もなかったと言い切れるだろうか。

稔は不安に煽られ、反射的に引き金を引いた。撃針の落ちる音が聞こえた後、破裂音が灰白色のシベリアの大地を揺るがした。しっかりと握っていたはずなのに銃は後方へと動いた。肩に衝撃が走り、稔の不安は一時的に回避された。しかし今、手許にある銃は、修理をしてきたあの大量の銃と同質であるはずなのに明らかに同じものではなかった。今、手の中にあるものは、勇敢さの象徴としての銃ではなく、見事なまでに禁欲的な殺人兵器だった。稔にとっては、これで他人の運命を終結させなければ自分が助かる道がないことを悟った上での兵器以外の何物でもなかった。

凍えた手で稔は三八銃を引き寄せた。照門を覗き込み、その一点に自分の全存在を傾斜した。

時間との戦いとなった。時々存在を確認しあう銃声が轟《とどろ》き合ったが、膠着は緩むことはなかった。敵も稔に負けず忍耐のある人間のようであった。相手がどんな精神状態なのかその心を忖度《そんたく》してみた。鏡を覗くように。

そのうち、自分を殺そうと思っている人間が自分なのではないかと思いはじめた。うずくまった仲間の奥に見える、樹木の陰に潜んだ黒い影は、こうして身を潜めている自分自身そのもののような気がして仕方なかった。相手が誰だか分からない以上、相手は自分だと思うしかなかった。

ならばどうして殺し合わなければならないのか。お互いこんな馬鹿な膠着は止めて、いますぐ後退して全てを無かったことにしたらどうか。しかしそれを相手に伝える術《すべ》がなかった。言葉がここでは何の価値も持っていないのだ。白旗を振って、戦闘意思が失せたことを相手に伝えたとして相手が素直に応じるとは思えなかった。反対の場合、自分が取る行動は迷うことなく白旗を振る敵を射殺することに他ならなかった。

稔は十メートルほど先で死んでいる仲間のことを思い出した。眼球を凝らしうずくまった男の哀れな死体を眺めた。さっきまで自分のすぐ前を勇猛に走っていた若い兵隊がいまやただの物体となって雪原に転がっている。存在はもう無く、脱け殻だけが痛々しさを伝えていた。どんな男だったか、思い出せなかった。どんな顔をしていたのかさえまるで思い出せなかった。思い出せないくらい自分は錯乱しているのか、と思うと再び感情が噎《む》せ、恐怖に包み込まれていった。

自分がいない世界とはどんなものかと稔は考えた。自分が消えた後の世界など想像もつかなかった。消えてしまったらきっと楽になるのに、と朦朧とする意識の中で考えていた。

自分のいない世界。

稔は眠っては駄目だと自分に言い聞かせ、引き金を引いた。銃声が稔の存在を灰白色の戦場に焼き付けた。

9

弾丸は五発が一組となっており、六セット三十発を四角い革で作った前盒《ぜんごう》とよばれる弾薬箱に入れて、上着に巻いたベルトに通し、それをそれぞれ左右に一つずつ腹の上に抱えたので、計六十発はすぐに取り出せるようになっていた。その他に背嚢《はいのう》の下に後盒《こうごう》とよばれる箱があり、そこにさらに六十発があった。

稔は不安を払拭《ふっしょく》しようと懸命に百二十発の弾をまさぐったが、しかしこの寒さの中では、弾を使い切る前に凍死するかもしれなかった。凍えは膠着状態が長引けば長引くほどに酷くなり、稔の手は弾を装弾するのもままならないほどであった。

ひとひらの雪片が三八銃の上に舞い降りた。緊張していた稔の眼球が雪片の静かな着地に釘付けとなった。雪は殺人兵器の背にとまった北国の儚《はかな》い昆虫のようであった。稔は銃を引き寄せて目を凝らした。結晶がはっきりと見えた。そっと顔を近づけてみた。極度の緊張が稔の感覚を麻痺させていた。稔にはそれが美しいと感じられてならなかった。雪の結晶のもつ非生物的な美が殺しあいの中で稔の心に刹那《せつな》の安らぎを与えた。しかしそれは本当に一瞬のことで、稔の吐き出す呼気によってまもなく雪片が溶けてしまった。

稔は眼球をいっそう凝らして、消え逝《ゆ》く雪の結晶を見つめた。結晶は滲むように溶けて、水滴にもならず凍《い》てついた銃身にへばりついては消えた。目を見開き、その儚さの果てを見つめようとした。もはや眼球は二つの生き物だった。飛び出した眼球はそれぞれ瞬きをも忘れて、消えていった結晶の行方を追いかけた。一つは遠い故郷の稲作地帯の青々とした稲穂の実りを眺めた。果てし無く広がる碧空とそこを舞う鵲《かささぎ》の優雅な舞いを。もう一つはシベリアの森の灰白色の世界をさまよった。細かい雪片のどこからともなく現れては消える無常を追いかけた。それらは稔の頭の中で交差しては現実と非現実、現在と過去が不思議に合体し、混ざり合っていった。稔は思わず身を捩《よじ》り、たまらず力の限り目を瞑《つむ》ってしまった。稔は瞼に力を込めていた。瞼を開けるのが怖かった。

10

このままここで凍死するか、援軍が来るまで膠着を続けるか。それとも打って出て膠着を一気に打開するか。決断しなければならなかった。稔の肉体は既に限界を越えていた。かろうじて心臓の周辺だけが動いているといった状態だった。末端はすでに冷たく固まっており、消えかかった蠟燭の炎のようだった。

このまま凍死を待つわけにはいかないと稔が判断した時、灰白色の視界が僅かに揺れた。丁度激しく吹雪きはじめた時であった。連続する銃声が轟き、稔は身を木陰に隠さなければならなかった。敵の心理が伝わってくるような銃の無謀な乱射であった。まるでもう一人の自分を見ているようだった。いやそれは紛れもなく自分だ、と稔は思った。限界に達した、見境のない行動であった。

稔は右へ飛び出した。崖になっている方、霧の切れた危険な雪の断崖の方へと誘いをかけた。敵の影が左側を過《よぎ》った。敵は背後を取ろうとしていた。稔は振り返りざまに引き金を引いた。視界が白濁していた。稔は走った。回り込み向かい合うつもりだった。残った全ての力を振り絞って敵の正面に飛び出した。木の陰から飛び出した敵の姿を見つけた瞬間、稔はもう一度引き金を引いた。十メートルほど先に現れた獲物にそれは命中した。確かな手応えがあった。黒い固まりが雪の中に朧げに倒れ込むのが確認できた。興奮した稔は用心しながら走り寄った。敵は吹雪に霞む灰白色の海の中で脇腹に被弾して倒れ込んでいた。苦しそうな顔をしながらも稔をじっと見ていた。見開いた目は瞬きを忘れていた。命乞いをするわけではなかった。なかば諦めている顔だった。地上の雪が次第に血で染まっていった。この男はもうじき死ぬのだ、と稔は思い、足が竦《すく》んだ。顔は外国人のものだった。見たこともなかった。既視感も起こらなかった。

男の体から流れ出る血の量に稔は驚いた。それは雪を赤く染めて、彼の魂のように肉体から滲み出て稔の方へと迫っていた。

握っている銃を投げ捨てて走りだしたかった。男は口を開き、目を見開いて、つり上げられた魚のようだった。苦しみが伝わって来る。でも男は哀れさを滲ませてはいなかった。死をどこかで覚悟して戦ってきたのだと、察した。

この男は死ぬのだ、と稔はもう一度自分に言い聞かせた。眉間《みけん》に皺を寄せながら男は何かを言いかけた。唇が震えて言葉にはならなかった。男の瞳に涙が溜まっているのが見えた。それを認めた途端、稔は激しい悲しみに震えた。男が告げようとしている言葉を聞いてやりたいと思った。稔がおもむろに近寄った次の瞬間、男は銃を構えなおそうとした。

稔は慌てて銃を男に向け、引き金を引いたが弾が切れていた。何度も引き金を引いた後、稔は三八銃を放り投げ、腰から引き抜いた銃剣で襲いかかった。稔の取った行動は半ば反射による自衛の行為に過ぎなかった。瀕死《ひんし》の赤軍兵士が残された力で引き金を引く前に、稔の銃剣は青年の胸部を刺した。喉許に近いもっとも柔らかい肉の上にそれは音もなく深々と食い込んでいった。生々しい悲鳴が一帯に響きわたった。悲鳴とも嗚咽《おえつ》とも言いがたい断末魔の叫び。鈍い殺人の感触が掌から稔の頭頂へと駆け上がった。男の胸許より血が一筋吹き出していた。しかしそれも数秒後に切れ、青年の胸許を赤黒く浸した。稔は銃剣を男の肉体から引き抜こうとしたが、簡単には引き抜けず、男の体を無残に揺さぶりながら最後には左足を男の腹について引き抜き、数歩後退しなければならなかった。腹を踏んだことで青年の顔は自らの口から吐き出した血と汚物で覆われ赤く染まっていった。

稔はその真っ赤な輪郭も、目鼻の部位もまるで判別のつかない顔に驚き、恐怖し、震え、男から遠ざかりたかった。出来るかぎりこの死に浸った男から離れたかった。稔は斜面に立っていて、踵《かかと》がこれより後ろに行けないことを伝えていた。赤軍の兵士は目の玉をひんむいたまま、最後の力で引き金を引いた。銃弾は雪景色の彼方へと消えたが、銃声は雪の上の三八銃を拾いあげようと体を屈めた稔をさらに数歩後退させた。銃を摑んだものの稔の体は反動でバランスを崩し、そのままゆるやかな沢へと転落した。

11

稔は足首を傷めてうまく動けない状態だった。立とうとすると激痛が踝《くるぶし》の辺りに走った。稔は強く呼吸を繰り返しながら三八銃を杖がわりにして深い雪の中を歩きだした。前線基地のある町まで自力で戻るしかなかった。しかし再び吹雪となった視界は太陽が傾きだしたせいで少しずつ暗く濁りはじめていた。痛む足を無理に動かし、時には雪の中に倒れ込むようにして転がりながらも、とにかく進もうともがいた。

最初に前盒と後盒に残っていた銃弾を全て捨てた。携帯していた荷物も命には代えられず、捨てることにしたが、三八銃だけは放置することはできなかった。

稔は憔悴《しょうすい》しきっていまや再び吹雪の中で意識を失いかけていた。最後の力を振り絞って辺りを見回したが、周囲には何もなく、ただ打ちつける吹雪だけが大きな壁となってそこに立ちふさがった。これこそ死なのか、と稔は思った。これは死ではないと言葉にしてみた。死がこんなに当たり前すぎるはずはないのだ。死がこのように絶望の匂いに満たされているのなら、人間はなぜ生まれてこなければならなかったのか、と自問した。

これは死ではない、と再び言葉にした。そうすることで弱った自分を励ました。死であるはずがない、と思いつづけた。眼前に何かがあった。雪の膨らみに手を伸ばした。子熊の死体だった。それは内臓を食い千切られていた。親熊の仕業か、それとももっと獰猛な動物たちによるものだろうか。

稔は子熊の干からびた死体の雪を払った。どれほど前に殺されたのか、その肉の弾力で時間を計ろうとした。こちこちになった肉は肉とは既に言えず、まるで灌木のようだった。血もなく、皮と骨だけだった。次は自分の番だ、と考えた。

子熊の死体に残った眼球はビー玉のように静止して遠くを見ていた。見開かれた子熊の二つの目が最後に見たものが子熊を生んだ母親の牙ではないことを稔は祈った。死が絶望なら、人はなぜ生きなければならないのか、と再度自問した。

稔はそこからできるだけ遠ざからなければ、と最後の気力を振り絞って自分に命じた。たとえ死が眼前にあっても、恐怖を味わいながら死ぬのはいやだった。銃をついて歩いた。再び足を取られ谷間の裾へと滑り落ちた。

体が止まった時、稔はもうほとんど何も見えなかった。意識が沈み、痛みも苦痛もなかった。手の感触も足の感触も平衡感覚さえ失われていた。自分が横たわっているのか、しゃがんでいるのかさえ分からなかった。死んでいるとしても不思議ではなかった。さっき確かに稔は自分を突き刺したのだ。やはりあれは自分であった、と稔は思った。それから首を振った。五感は既に感応不能だったが、自分はまだ生きている、と稔は信じ続けた。生きていると思う限り死ぬことはないと言い聞かせて。

白い仏が再び現れたのは、まさにその時だった。消え失せつつある意識の狭間、白い仏が吹雪の中、光に包まれすっくと立っていた。稔は半分閉じかけた瞼の隙間から、その崇高な存在を凝視した。二度目でなおかつ、衰弱しきった状態だったせいもあり、稔は驚きはしなかった。目だと思う辺りを見つめてみた。向こうもこちらを見下ろしているのが分かった。仏の目が識別できたわけではなかったのに、温かい眼差しだということがわかった。今自分は殺さなくてもいい人間を殺してきたのだ、と稔は口にしかけた。仕方がなかったのだ、と言い訳をしようとした。しかし稔はそれを言葉には出来なかった。何もかも仏は見て知っているのだった。

「迎えに来てくださったっじゃろか」

稔は心の中で自問しながら、そそり立つ白い仏を残った力で見上げ、同時に瞼が重く閉じていくのを堪《こら》えることが出来なかった。

12

目覚めたとき、そこはペチカの前の固いベッドの上で、室内には甘い食べ物の匂いが満ちていた。稔は毛布にくるまれ、誰かに救出されたらしかったが、体を動かさず眼球だけを動かして室内をまず偵察した。三八銃はベッド脇の椅子に立てかけられており、一緒に軍服と耐寒着も掛けられていた。

稔が着ていたのはかなり大きめの木綿の下着でそれはロシア人のものだとすぐに察しがついた。捕虜になったのかと慌て、起き上がろうとしたが右足に激痛が走り、立ち上がることは出来なかった。両手で足を支え痛みを堪えていると、人の気配がした。急いで振り返るとそこに緒永久がいた。

稔は声を張り上げてしまった。女は持っていたスープの皿を引っ繰り返しそうになり、奥の部屋から髭面《ひげづら》の大男が飛び出して来た。稔は激痛が走る足を堪えて、立てかけられていた銃を掴むと、ベッドから転げ落ちそうになりながらも構えた。緒永久に似た女性は、ロシア人の娘だった。どこか東洋人の血が混ざった顔立ちをしており、緒永久と見間違えさせた。よく見ればそうでないことは明らかであった。少女はまだ、彼女が生きていた頃の幼さをそのまま残したような顔立ちをしており、瞳は異国人の色であった。父親らしい男は少女の背中を押し、向こうへ行くようにと促し、少女が奥へ消えると稔の目を静かに覗き込んだ。シベリアで日本人に笑顔を向ける白人は少なくなかった。ロシア革命に賛同できない反革命勢力の人間は英仏を中心とした連合軍だけではなく、日本人とも仲良くした。古くから日本と貿易をしているロシア人は積極的だった。しかしこの家族がどちら側の人間か興奮気味の稔には区別がつかなかった。

稔は足の痛みに加え、疲労と衰弱のせいで高熱を発していた。三八銃を構えながらも視界はぼやけたままだった。ロシア人の男は少女が落とした皿を拾い上げると稔のベッド脇の小さな小机の上にそれを置いた。稔は近づく男を威嚇するために慌てて引き金を引いたが、弾は使い果たしており、虚しく撃鉄のあたる音だけが室内に響いた。弾を全て捨ててきたことを思い出し、稔はいまや三八銃がただの鉄の固まりでしかないのを悟り、張り詰めた気持ちが萎《な》えるのだった。

13

その後、稔は何度も自分を覗き込む緒永久の顔を見た。それがロシア人の少女であることが分かっていながらも、懐かしさで稔の心は緩《ゆる》んでいった。おまん体ん中に外国人の血が混じっとるっちゃほんなこっか。石太郎が緒永久に言った言葉を記憶の中で反芻《はんすう》していた。

稔が少年時代のことを思い出し涙を浮かべると、少女は稔の額に手をあて、稔の耳許に優しい響きのロシア語で囁いた。心配しなくてもいい、と言っているのだろうとは推測しながらも、稔には少女の声が緒永久と交わした様々な言葉と重なって届いていた。

「みのるしゃん、不安がるこつはなか。いつか必ず人間はみんな誰ひとり残らず死ぬったい」

「おとわしゃん、今どこにおっとね」

「あんたん傍《そば》におるったい。いつでんあんたん傍におるとよ。そるばってん、あんたはわたしんこつば忘れよったろうが」

「忘れるわけはなか」

「ほんなこっね、相変わらずあんたはじょうずか。あんたはいつでんそげんやろうが。あげんしっかり約束ばしたっに。一生忘れんて言ったたっはみのるしゃんばい」

「そげんじゃなか、ずっとおとわしゃんはおれの心ん中におらすけん」

「いつまっでんね」

「ああ、いつまってんおとわしゃんはおらすけん」

「あんたがおかっつぁんもろうてもかい」

「なんば言よっとか。おかっつぁんなんかもらわん。ずっと忘れんでおとわしゃんを思い続けるとたい」

「みのるしゃん、それが死ぬこっったい。死は怖がるこつのなかもんたい。死は忘れんこったい。忘れんでおればずっといっしょ。ずっといっしょやけんね。うちはいつもあんたのすぐ傍におるとよ」

稔は重くもたれかかっていた瞼を押し開けた。少女の背後に父親の姿があった。その隣に少女の母親と思われる東洋系の女性が立っていた。そしてその隣には、稔の母親金子がいた。その隣に長四郎が、反対側のロシア人の父親の陰に石太郎がいた。不精髭を生やした成長した石太郎だった。石太郎は軍服を着ていた。にやにや笑い、不甲斐なく寝ている稔を見下ろしていた。

「そこでなんばしよっとか。なさけんなか。そげんおぬしは根性のなか男やったとか。勇敢さはどこさん捨ててしもうたつか。そんなこつでえらか軍人になれるとやろかのい」

何もかもが霞んで、消えていった。声も、緒永久も、父も母も、そして白い仏も。

誰かが稔を呼んでいた。どうしても起きなければならないような切迫した声だった。

江口稔。江口……

稔が次に目覚めた時、彼は前線基地の病舎の中で寝ていた。軍医が稔の名前を連呼していた。耳鳴りの彼方にまだ緒永久の優しい声と温もりが残っていた。

14

足をギプスで固められ動けなくなった稔は直《ただ》ちに送還された。日本海の暗く時化《しけ》った波上を日本を目ざして進む輸送船の薄汚い船室の中で、稔は緒永久のことを考えていた。緒永久の白い肌の輝きを、彼女への憧憬《しょうけい》を、決して忘れまいと心の中で何度も反芻してみた。しかしそれは船がシベリアから遠ざかれば遠ざかるほど、記憶がいつかは薄れるように現実という白波の中で飲み込まれていった。

おとわしゃん……

稔は自分の掌を覗き込みながら声に出してみた。そして自分がまだ生きていることに涙を流した。円窓に顔を押しつけ、荒れた海洋の先を見つめながら、生と死の境目を朧げに移動している自分の肉体に、また温もりが戻りつつあることを感じながら。

大野島の渡し船には紅白の垂れ幕が飾られ、桟橋には大勢の、かつてのあの若い軍人の時以上の人々が出て、栄誉の負傷を讃えた。手を振って出迎えた島民たちを見ながら稔は、助かったという感慨と、同時に、ロシア人兵士を殺害した生々しい感触の苦悶による自分ほど勇敢から程遠い人間はいないのではないかという羞恥心や惨めさとの、両方からの感情の板挟みに揺れた。

稔はその夜、父親にヌエとの婚姻を相談した。緒永久との約束を忘れたわけではなかった。帰還する最中は確かに緒永久のことだけを思い続けたのだった。忘れんでおればずっといっしょ。ずっといっしょやけんね、という緒永久の声は日本海を移動している間中ずっと心に響き続けていた。しかし稔は島に戻った途端、現実に生きるヌエに縋《すが》った。死にかけた稔は溢れんばかりの生がいますぐ欲しかったのだ。

父親は大喜びし、翌日には大詫間のヌエの家を訪問した。結婚は両者の父親の話し合いの中とんとん拍子に進み、稔の足がある程度の快復をみたその翌年、二人は夫婦となった。

初めてヌエを抱いた夜、稔は緒永久のことを考えていた。ヌエの固い皮膚を愛撫しながら、心はもう一人の女性を探していた。稔は闇の中をもがきながら匍匐《ほふく》前進を続けた。

稔の腹はヌエの虚弱な腹を這《は》った。

「みのるしゃん」

まもなくヌエが暗がりの果てから声をかけた。そのか細い声は不安に溢れていて、ふいに自分がヌエをどこか闇の中に落としてきてしまったのではないかと稔を現実に引き戻させ、手さぐりさせた。

「みのるしゃん、うちね、ずっと心配やったとよ」

稔はヌエの手を見つけだした。冷たくひんやりした手だった。細く、握りしめると折れそうな指が、稔の掌の中にあった。

「婿どんになる男ん人はうちの心と肉体を開くるこつのできる鍵ばもっとんなさるってずっと子供ん頃から信じとったよ」

「心と肉体を開ける鍵ってか」

ヌエは稔の体に寄り添った。

「うちに合わんかったらどげんしたらよかやろかって心配しとった。鍵が合わんかったら折角《せっかく》の結婚はお終《しま》いになるとやなかやろかって。それとも合ったふりばしとかんといかんとやろかって」

「それで、どげんやったとか。合ったとかのい」

ヌエは頷《うなず》いたが、暗くて稔にはそれが見えなかった。二人は黙ったまま、暫く沈黙した。

「みのるしゃんの鍵、ぴったりやった」

ヌエは稔の肩に顔を押しつけた。

「みんなが言っとったほど痛みもそげん酷くなかったもんね」

「みんなって誰が」

ヌエは笑った。みんなって、みんなったい。稔も笑った。

「そげん淫らなこつばおなごらは陰で話しよっとかのい」

二人は抱き合い、お互いの肉体が闇の中でも力強く存在していることを知って安心した。稔は目を閉じ、ヌエの輪郭をまさぐりつづけた。

15

稔の手先の器用さは、彼自身を救った。シベリアでの苦い経験で失った人間としての尊厳も、物を作ったり改良や発明をする中で徐々に回復していった。工作所の狭い工場は稔にとって世界の入口でもあった。機械を使って鉄を曲げたり切断したりしながら彼が拵えていたものは、ただの生活を便利にさせるための道具ではなく、人間の可能性を見つめようとする作品であった。

島の主な交通機関がリヤカーと自転車だったその時代、稔はオートバイを作って島民を驚かせた。オートバイといっても、戦場で見たドイツ製のオートバイを真似て、自転車に小型の発動機を取り付けただけの単純な乗物だった。しかし轟音《ごうおん》を上げて走るエンジン付きの自転車はすぐに島中の人々の話題となり、その珍しい乗物を一目見ようと江口工作所には連日大勢の人が集まって来るようになった。

稔は疲れたり気分を変えたくなると、オートバイに乗って島の中を、島を包囲する土手の上を走った。風を受けながら、スピードを感じるのが大きな気分転換となった。人々は稔のオートバイが近づくと声援を送った。

有明海に面した大詫間の南端へ行くのが楽しみだった。干拓途中のその辺りは時間によって潮の干満が異なり、景色がまるで違って見えた。輝く海の中から海苔の支柱竹が海という生き物の触手のように無数に突き出ていた。稔は光を見るのが好きだった。光はどんな人間にも平等に降り注ぐから好きだった。満ち足りていても、貧しくとも、光は人を選ばず誰にでも降り注いだ。

オートバイで走ってみるとそこが本当に小さな島であるということが良く分かった。

橋もなく、外の世界からは隔離された川の中にある孤島であった。いつか自分の力でここに橋を架けてみたい、と稔は考えた。このオートバイでその上を走って余所《よそ》の世界に飛び出してみたいと考えるようになっていた。

16

夫婦になったものの、もともと瘦せて小柄なヌエは、この時期長く体調を崩し、それが原因して子宝には長いこと恵まれなかった。鉄砲屋も稔の代限りか、と囁かれ、それを気に病んだヌエの体はますます変調を続けたが、だれもが妊娠への期待を口にださなくなった結婚から七年目、ヌエは身籠った。

第一子誕生の朝、稔はいったいこれからこの家で何が起ころうとしているのか分からず、不安や期待だけではなく、もっと得体のしれない人間の誕生の摩訶《まか》不思議な力によって振り回されるように目覚めたのだった。

知らせを受けて駆けつけた産婆の指示で女たちが準備に追われるのを稔は長四郎とともに離れた縁側に腰を下ろして眺めていた。自分に子供が生まれるのだ、と言い聞かせてみるが、それがいったいどういうことなのか理解できないでいた。そわそわと落ちつかない稔を、長四郎は、心配せんだっちゃよか、と宥《なだ》めた。

「生きていく力のあるもんだけが生まれ出てくるったい」

父親はそう言って、ぬるくなった茶を啜《すす》った。落ちついて待て、と言われた気がして、稔は長四郎の隣にもう一度足を組み直した。

ヌエの臀部《でんぶ》は男性のように小さかった。初めての出産に耐えられるだろうか、と金子は心配していた。お腹《なか》だけは大きく迫《せ》り出していたが、妊婦というよりは栄養失調の子供のようだった。

ヌエが横たわる広間は襖《ふすま》が四分の三ほど閉じられており、稔の位置からだと時折動く産婆の後ろ姿しか見えなかった。ただ、陣痛を堪えるヌエの痛々しい叫び声は縁側に陣取った稔と長四郎にも届いていた。

出産が近づくとヌエはますます凶暴に声を張り上げだした。肉が引きちぎれるのではないかと驚くほどに大きな声。それがいつまで経っても収まらなかった。何度も出産に立ち会ってきた長四郎の顔も次第に強張りはじめた。しかし稔を勇気づけるように、大丈夫ったい、と目が合えば冷静を装って慰めた。

ヌエが意味不明の叫び声を連続して張り上げた直後、広間の奥からそれまでとは違う甲高い泣き声が聞こえてきた。稔の姉たちが勢いよく襖を開け、女たちの戦いの場が明らかになった。ヌエはぐったりと一番奥に横たわり、産婆が後の処理をしていた。生まれた赤ん坊はすっかり盥《たらい》の湯で汚れを洗い流され晒《さらし》に巻かれ、小さな顔を上にして金子の腕の中にいた。

稔は立ち上がり恐る恐る近づいてみた。瞼は閉じており、土偶《どぐう》のようだった。小さな小さな口や鼻が辛うじて顔の真ん中に寄り集まっていた。

「ほら、稔、抱いてみんね」

老いた金子はそう言うと稔の腕の中に強引に子供を押しつけた。稔は焦った。赤ん坊はまるで猿の胎児だった。

「首はまだ据《すわ》っておらんけん、気をつけないかんたい」

落とさないように胸に押しつけて守った。

「そげん緊張したら、赤ん坊に緊張が移ってよけい泣くやんね」

金子が言うと、手伝いに来ていた近所の女たちも笑った。人が生まれる瞬間をあっちこっちで見ている女たちの方がずっと慣れていた。どうしてこんな凄い場面で笑っていられるのだろう、と稔は女という性の圧倒的な強さを認識した。布団の中で汗をながして放心しているヌエが見えた。

「だけん、どうしてよかか分からんもん。落としでもしたらって考えると」

稔の持ち方があまりにもひどく、赤ん坊が顔を真っ赤にして強く泣き出した。金子は笑いながら子供を取り上げると、元気な男の子たいね、と言った。稔は不思議でならなかった。さっきまでこの世にいなかった者が突然目の前に出現したことに戸惑いながらも、泣き叫ぶ赤ん坊を大笑いしながらあやしている女たちの姿には安心を覚えた。長四郎が稔の背中を摩《さす》り、おまんもついに父親になったったいね、と微笑んだ。

稔は金子に抱かれる赤ん坊をじっと覗き込みながら、

「おまんはどっから来たつか」

と尋ねてみた。それでまた女たちが大笑いだった。

「どこからって、あそこからたい」

産婆が隣室から声を飛ばした。女たちは顔を見合わせていっそう大きな声で笑うのだった。稔はヌエを見た。ヌエは人々の方をぼんやり眺めながら、弱々しく微笑んでいた。

稔はヌエの顔と赤ん坊の顔を交互に見比べ、おっどんとヌエと、どっちに似てるとやろ、と考えた。

第四章

1

第一子鉄太《てつた》の誕生の翌年次男剛志《たけし》が生まれた。その二年後には長女倫子《りんこ》が、さらに翌年には三男豊治《とよはる》が世に出た。豊治から三年後に次女悦子《えつこ》、さらに翌年に四男琢磨《たくま》が次々誕生した。ヌエは出産ごとに体が丈夫になり、鳥ガラのようだった母体も母親らしい曲線と丸みを帯びて、次々と赤ん坊を産み続けた。

「もう生まんだっちゃよかばい」

稔は琢磨が生まれた直後に言ったが、ヌエは顎《あご》を引いて目を丸くし、よくいいなさる。あんたがせがむけんこげんかこつになるとやんね、と笑った。稔も最後の琢磨の頃には自然に新しい命を受け止めることが出来るようになっていた。それでも、彼らがどこからやって来るのかはつねに大きな謎だった。稔は子供たちが言葉を喋《しゃべ》り始める頃より、おまんはどっから来たつか、と一人一人尋ねていった。ほとんどの子供が質問にきょとんとしていたが、倫子が三つの時、覚えたての言葉でたどたどしく、ヒカルオカ、と答えて稔を驚かせた。それからは暇を見つけては倫子に問いただすようになった。少しずつ言葉を話せるようになった倫子が段々『光る丘』について語るようになると、稔とヌエはそれを詳細に書き取ることにした。

「光る丘って、倫子が前世で住んどったとこやろか」

ヌエは倫子を抱きかかえてそう言った。

「なあ、おりんは前に光る丘ってとこに住んどったっか」

稔が言うと倫子は、うん、と頷いた。どこにあっとか。稔が倫子に優しく問いかけると、倫子はつまんなさそうに、どこってえ、と首を傾《かし》げた。おりんはそこでも倫子だったとね、なんか違う名前で呼ばれてなかったと。今度はヌエが聞いた。

「マオって呼ばれよった。でも死んだんよ。……死ぬ時、たくさんのひとらにかこまれて死んだとよ。みんながおおきか声で名前ば呼んでくれよった。涙ん流れた……鳩が迎えに来て、わたしは空を飛んだったい」

倫子の声はひび割れて、一瞬老婆の声のようになったが、次の瞬間にはまた幼女の表情を取り戻した。その他にも兄弟の構成や親族のことなど、作りごととは思えないほど細かく淡々と語りはじめた。

稔とヌエは顔を見合わせ、これは前世のことに間違いないか、と確信したが、倫子はある時からぷつりとそれ以上のことは思い出せなくなった。四歳、五歳、と年齢を重ねるに従って、倫子は光る丘のことは全く口にしなくなり、そのうち聞いても、知らんそげなこつ、と首を傾げるようになった。

「前世の記憶が無くなったとやろ。成長するたびに、記憶が無くなるように仕組まれとるのやろな」

ヌエが言うので稔は、仕組むって、いったい誰がや、と聞き返した。

「誰って、それは神様やろのい」

稔は、なんのために、記憶が消されんならんとやろか、とヌエに迫った。知らんが、新しい世界に因果をもちこむんはまずかとやろ、とヌエは言った。妻の確信に満ちた言い方に奇妙な安堵《あんど》を覚えながらも、稔は倫子をそっと覗き込むのだった。

2

人づてに『光る丘』と呼ばれる村が実際にあることを知ったのはさらに何年か後のことだった。稔はどうしても一度そこを訪ねてみたくなり、自分が行かなくてすむ遠方の仕事にわざわざ数日かけて足を運び、その帰りにさらに遠回りして立ち寄ることにした。光る丘村は、耳納《みのう》山塊の中程にある鄙《ひな》びた村であった。四方を山に囲まれており、整備された往還はなく、人が一人通れるほどの山道があるだけの山奥にあり、その隔絶された環境は大野島さえ比較にならない田舎であった。

山麓の狭い谷間に家々は閑散と寄り集まっており、流し場の辺りから生活を伝える白い湯気が昇っていた。近代的な乗物や道具は全く目につかなかった。稔の島よりも粗末な雰囲気が広がり、人々は文明から隔たって生活していた。村へと伸びる一本の畦道の両側に、長老たちが佇んでいるような凜々《りり》しさで、ざぼんの木がぽつんぽつんと植わっていた。霜が降りた頃が食べごろと言われるざぼんは沢山実っていた。稔は一つをもぎ取ってその酸っぱい匂いを嗅いだ。見上げると山が正面に聳《そび》えるというよりはすぐ眼前にまで迫り、その雄姿は村を見守っているかのようだった。

稔は用心深く瞬いた。瞬いた瞬間、世界は一新してしまいそうで、それを見破りたかった。しかし瞬きをしないわけにはいかなかった。なぜ瞬く必要があるのか。生物的な理由だけではなく、そこには時間軸の擦《ず》れを起こさせている何者かの意図があるに違いない、と勘繰《かんぐ》ってもみた。人や生き物が瞬きをする間に何者かはそれらの生物の運命を修正しているのではないか、と稔は考えた。神様。言葉にするのをヌエ以上に躊躇《ためら》った稔だったが、もしも本当にそのような存在が在るのなら、神様は稔をどこへ導こうとしているのか、稔は知りたかった。

いつのまにか背中に薪を担いだ老人が稔の前に立っていた。老人はしげしげと稔を見た。黒目の中に自分がいて、その自分も稔を見ていた。

老人の案内でマオという女性の墓を訪ねた。マオがこの辺りの巫女《みこ》であったことを知ったのは立派な墓石を見た時だった。余所では見ることのできない、普通の倍の大きさはある、まるで要塞のような石の墓であった。これが墓ですか、と稔は老人に訊いた。

「マオはわれらの心の拠《よ》り所だったからたい」

老人は呟き、合掌した。稔も手を合わせると、瞼の内側が光で満たされた気がした。

稔はその晩、マオの遺族の親切に甘えて一夜の恩義を受けた。夕御飯を馳走されているあいだ、マオの家族たちは稔を取り囲み倫子のことを事細かく知りたがった。もしその子がマオの生まれ変わりなら、是非会いたい、とマオの娘が言った。大川の方へ来ることがあればどうぞ寄ってやってください、と稔は応えた。誰もが信じられないという顔をして稔を見つめつづけた。半信半疑で見られていることを稔は察していた。簡単に信じられることではない。自分だって信じられないことばかりなのだ。でも、もし魂が肉体とは別に存在し流転《るてん》するものであれば、その仕組みを知りたいと思うのは当然のことだ、と稔は思った。死の先に何があるのかを知りたかった。倫子がどこから来たのか。マオはどこへ行ったのか。自分がどこから来たのか。自分はどこへ行くのか。自分が誰か。そしてなぜ逝かなければならないのか。なぜ、分からないことだらけで人は死ぬのか。

広間の真ん中で眠った。旅の疲れも出て、ふくらはぎが攣《つ》りそうで神経が張り詰め、寝苦しかった。眠りかけていると誰かが稔の様子を見にきているのが分かった。まどろみながら瞼を開けては見るが、そこに誰がいるというわけではなかった。また眠るとまもなくして今度は大勢の気配を感じた。睡魔との拮抗《きっこう》の中でついに稔は瞼をあけることができなかった。瞼をあけることができないのに、稔は彼らが自分を見下ろしているのが分かった。誰もが自分を心配しているのだと分かった。そして誰もが必死で祈っていた。足の方から迎えが来て、肉体と離別をしなければならないことを稔は悟っていた。倫子が叫んだ。鉄太や剛志も声を上げた。親に似た孫たちの顔もずらりと見えた。一瞬別れが許されたようにふいに視力が回復した。病室の窓を覆い尽くすほどの鳩の群れだった。迎えが来たどたる。自分の声がどこからか聞こえた。虞《おそ》れはなかった。むしろ清々《すがすが》しい気分であった。さようなら、と誰かが叫んだ。それに呼応するように全員がさようならを連呼した。鳩が舞うのが分かった。迎えに来たのだ、と稔は心の中で呟いた。

頭の方から光が差し込み、体が、いや魂が離脱するのを認めることが出来た。

朝、目覚めなければならないのに肉体は疲れのせいで懈《だる》く、意識は一足先に起きてはいたが瞼だけがなかなか開かなかった。どこからか人々の笑い声や話し声が聞こえていた。自分が死んだのではなく生きていることに気がついた。起きなければ、と瞼に力を込めたと同時に、自分が光に包まれていることに気がついた。半身を起こそうとしたが眩《まぶ》しさには勝てなかった。まだ自分は生きているのだな、と意識がしっかりしていくうちに、足許に誰かが立っていてこちらを静かに気づかっているのが分かった。それが人間ではなく眩しい仏だと認識した時、稔は完全に覚醒しており、開ききった眼球はまっすぐに仏の中心へと吸い寄せられていた。

マオの家の広間に稔はいた。自分がまだ夢の続きにいるのかと稔は様子を窺《うかが》ったが、しかし明らかに覚醒しており、それは紛れもなく現実の出来事であった。人々の、朝の支度に追われる声が襖の向こう側から届いていた。お客さんはまだ寝とっとやろか、と女性たちの声がした。

稔は覚醒の中で初めてしっかりと白い仏の尊い姿を見ることとなった。熱のせいではなかった。今稔は確かに白い仏を見ているのだ。仏は相変わらず無言だったが、稔は見上げながらもその時、この仏は何かを言いにきたのでなければ自分などの前に現れるはずはない、と確信した。稔は半身を起こし、祈りを捧げるために座りなおそうとしたが、白い仏は稔の目の前で三たびどこへともなく消えていった。

3

北京郊外で蘆溝橋事件が勃発《ぼっぱつ》した頃を境に江口工作所は銃だけではなく、迫撃砲や機関銃の修理まで請け負うようになっていった。日本軍は列強に比べるとつねに劣悪な軍備で戦っていた。急激な軍備拡大政策に東京と大阪にある二つの砲兵工廠《ほうへいこうしょう》では生産が追いつかず、どうしても粗悪な武器が混ざりやすくなっていた。

三八銃ほどの名器でさえ、故障は絶えなかった。数年に渡る戦線の泥沼的拡大にともなって、故障した銃は続々と船に積まれ大量にやってきた。軍が中国への進出をいっそう強めると、仕事量は増え、稔は島の若者を多く雇い入れ工作所の規模を拡大させた。成長した長男と次男が稔を助けて、忙しい工作所に活気を持ち込み、残りの子供たちもかつての稔のように学校が終わると工場に顔を出して軽い資材の運搬などを手伝った。末っ子の琢磨までもが、長兄たちを真似て、時折鞴《ふいご》の把手《とって》を押したり引いたりしてみせた。琢磨は稔に顔がよく似ていた。鞴を操作する姿はまるで幼い自分を見ているようで可愛かった。六人目ともなると長男の誕生の時ほど、時間を割《さ》いて面倒を見てやれないのが残念だった。それでも稔は出来るだけ平等にどの子にも愛情を注いできたつもりだった。時折仕事の合間に稔は琢磨を抱き上げて、将来は発明家になるかのい、と自分にそっくりな顔に頰ずりをした。

4

倫子には幼い頃の記憶のことは伝えていなかった。たとえ倫子が前世では光る丘村のマオという名の巫女であったとしても、今は江口倫子なのだから前世は切り離して育てよう、と夫婦で決めた。一度だけ、光る丘村よりマオの娘たちが訪ねて来たことがあった。稔は事情を説明し、そのように向かい合って貰えないかと頼んだ。倫子は三潴《みずま》郡《ぐん》陸上大会の選手に大野島代表として選ばれていたので、マオの娘たちをその関係の人たちであると説明して引き合わせた。

マオの娘たちは、倫子に様々なことを訊ねた。好きな食べ物のことや、好きな色、好きな歌。記憶に残っていることや、時々思い出すこと。あるいは夢についてまで。倫子はハキハキと質問に答えていた。背筋を伸ばし、まっすぐ相手を見つめて語るその聡明な仕種《しぐさ》に、彼女たちが何を見ていたのか。女たちの懐かしそうな目つきを通して稔やヌエにも充分に伝わってきていた。

倫子は倫子でありながら違う人間だということなのか、と稔は終始小首を傾げつづけた。最後にマオの長女が倫子に幾つかの物を見せた。使い古された玩具や本や簪《かんざし》や人形といったものだった。それらを倫子を囲むように配置した。どれか気になるもんはあるね、と次女が倫子に訊いた。倫子は、うーん、と首をひねって暫く迷ってから、丸い石を摑んだ。三女が声を上げた。

「やっぱり、かあさんたい」

ヌエが、三人を制した。女たちは顎を引き、奥歯を噛みしめた。倫子を外に出してから、マオの娘たちはその石がマオが祈禱《きとう》に必ず使っていた御神体であることを明かした。前世の確認を終えた瞬間五人は黙り込んでしまった。どうしていいのかすぐには分からなかった。マオの娘たちも倫子に過去を伝えていいものかどうか迷っていた。次女は一度倫子を連れて村を訪ねて貰えないか、と言いだしたが、稔は即答を避けた。

三人の女たちが山に帰った後、稔とヌエは話し合い、このことはずっと倫子には内緒にしようと決めた。家族にも親戚にも皆に内緒にしようと決めた。二人は、前世は前世として倫子には現世を過去に囚われずに生きて欲しかった。

5

稔と同時期に兵役に出ていた隼人はそのまま軍に残っていた。その隼人が弟の結婚式に出席するため、久しぶりに帰郷するというので四人は稔の家で再会した。隼人は軍隊に自分の居場所を見つけていた。島に残れば生涯一小作でしかなく、戦場に生きる道を選び、久留米の歩兵連隊に勤務していた。

「満州の方はどげんね」

稔の母金子が酒を持ってきたついでに隼人に訊いた。隼人は誇らしげに、大変ではありますが、我が軍は全力を尽くしておりますから、御安心ください、とわざと標準語で答えてみせた。金子は恐縮し、そりゃご苦労さんなこったい、みなさんがご無事なこっばお祈りしておりますけん、と頭を下げて出ていった。

「満州は日本の生命線ったい」

酒が進むにつれ、隼人の気炎は上がっていった。鐵造も清美も、隼人の一々に頷いた。稔も少し遅れて頷いてはいたが、自分が戦地で敵とはいえロシア人青年の命を奪い、しかも逃げ帰るように帰還したことが稔を後ろめたくさせるのだった。もしも本当に勇気のある軍人なら、死にかけている者の息の根を止めたりするだろうか、とずっと悩んでいた。

「誰が勇敢かって昔試したこつがあったやろ」

清美が言い、

「どうも隼人が一番勇敢だったごたるな」

鐵造が全員に同意を求めた。

「なんも」

隼人は得意そうに笑顔を見せ、手を大きく左右に振り否定してみせた。鼻の下にちょび髭を蓄えていて、それが彼をいっそう得意げに見せた。

「はよう予備役になれっち、まわりはうるさかばってんおれは戦場に立つ新兵のことが気になって仕方なかったい」

軍人といっても特別な教育を受けてはいない隼人は、実際には前線で指揮をとるような役割はしていなかった。新兵の訓練係のようなことをしているらしい、と清美がこっそり稔に耳打ちした。

「稔んとこで銃ばきちんと直してくれるけんさ、おれたちが戦地で自信を持って戦えるっとじゃん」

隼人が稔の肩を持った。

「この辺りで、鉄砲屋を知らんもんはおらん」

稔は静かだが力強く言った。自慢しているようで、言ったあと急に恥ずかしくなってしまった。清美が補足するように、

「みのるしゃんは、村会議員もしよらすたい」

と言った。鐵造が、

「島に橋ば架ける努力もしよらす」

と付け足した。

稔は人々の後押しで数年前より大野島村の村会議員を務めていた。長年議員だった長四郎の跡を継いだに過ぎず、威張れることではなかった。島の意見をまとめる役を代行しているだけだ、と自分では思っていた。稔は顔を赤らめ、俯いてしまった。

三八銃には銃身の上面、引き金の上方あたりに菊の紋が打ってあった。銃は天皇からの預かり物であるということを意味していた。刀を武士の魂と考えたサムライの思想にヒントを得た軍部が、兵士たちに三八銃を軍人の魂と考えさせ、兵器への愛護心、ならびに軍人精神を高揚させるために菊の紋を利用したのだった。その狙いは稔の心をも当然のように捉えていた。稔は一丁一丁の銃を丁寧に直した。自分が誰よりも勇敢でない

ことに気がついてから、生真面目な稔はやり遂げられなかったことの悔しさを全て仕事への意欲に転化させていた。

「最近の兵器は生産が追いつかんもんじゃけん、質が下がりよってからに、不良品や不発弾ばかりでくさ、兵隊の身にもなってほしかったい。やっとこさ敵陣へと乗り込んでもくさ、そこに我が軍の不発弾が山積みんなっとっとやけん、これが、どげん情けなかこつか分かるか。我が軍がどげん頑張って大砲ば撃ってもくさ、爆発せんかったらなんも意味はなか。いや、意味がなかだけじゃすまされんたい。その為に何人もの若い命が犠牲になっとっとじゃけん」

隼人が力説した。

「みのるしゃん、おまんは発明家ったい。ほら昔単車ばこさえよったろうが。あげんかもんばつくれっとやけんね、そん才能ば国んために役立てんね」

稔はまっすぐに隼人を見つめた。

「役立てるって、どげんしてか」

「銃ば発明せんね」

「銃ってか」

「おお、銃たい。それも最新の九九式銃より、もっとすごかもんばさ。誰もまだ思いつかんやったすごか銃ばたい。飛行機や戦車が登場してきて、ますます科学の力が戦果を決める世の中になったったい。いくら軍人精神ばかりを鍛えても勝てやせんばい。今後は兵器の質が戦果ば左右することになるって。たった一人で何人もぶち殺せる銃ば発明したら、それこそ勲章もんたい」

鐵造が、そりゃすごかばい、と相槌を打った。清美も、みのるしゃんならでくるばい、と煽った。稔はシベリアのことを思い出していた。塹壕の中で倒れ込んできた友人のことや、雪原を鮮血で染めた仲間の兵士たちの犬死にを思い出していた。若いロシア人の青年の命を恐怖のために奪った自分が恥ずかしかった。勘づかれないように、酒を胃袋に流し込むのだった。

6

日本はこの頃、中国の主要都市と交通路をほぼ占拠していたが、それは点と線の支配にすぎなかった。兵士の疲労に軍事物資の不足が加わって、これ以上の戦線拡大は困難となり戦争は持久戦へともつれ込んでいた。稔の周辺で次々に人が他界しはじめるのも、この頃を境にしてであった。

父長四郎が死んだ。老衰に近い死だった。朝、金子が起こしに行ってその穏やかな最《さい》期《ご》を発見したのだった。これから間断なくやってくることになる身近な者たちの連続する死の、まさに予兆のような最期であった。

父親の葬儀には、稔が初めて会う遠い親戚の人々までもが、大勢駆けつけてきた。家を早くに出ていった兄たちも久しぶりに帰郷し、家族、親族が一堂に会した。

跡を継いだ稔が喪主を務めた。兄たちは、綺麗な身なりと上品な言葉遣いで、同じ島の人間とは思えない都会的な雰囲気を醸《かも》し、田舎をとっくに切り捨てた侮蔑的な態度で接してきた。親戚たちともあまり言葉を交わさず、葬儀が終わると妻と子たちはその日のうちに都会へと戻っていった。兄たちは土地の相続について遠回しに稔に質《ただ》した。父が死んでまだ初七日も済ませていないのにと稔は腹を立てた。

稔は父親の死を悲しむ間もなく、仕事に追われた。しかしその悲しみが癒《い》えないうちに四男琢磨が他界することになった。父長四郎の死から僅かに三カ月後のことで、何の因果か、石太郎が溺死した筑後川での同じく水死だった。泳ぎを覚えたばかりの琢磨は友人たちと川の中程にある道流堤に向かって泳いだのだった。前日に通過したばかりの台風の影響で水かさは増えていた。

父の死に追い打ちを掛けるように他界した末息子の死は、かつて自分に降りかかったどんな苦悩よりも重たく稔の胸にのしかかった。琢磨はまだ僅かに五歳であった。

葬儀はその悲しみの大きさから執《と》り行わないことに決めた。誰一人冷静になることのできる者は家族の中にはいなかった。ヌエは錯乱し、それを母金子が慰めようとするが、同じ経験があるだけに、慰めながらも金子は過去を思い出し、両者がお互いの葛藤をぶつけ合うような軋んだ悲しみに一家は際限なく落ち込み、簡単には気分が晴れることはなかった。

父親の火葬も琢磨の火葬も清美が行った。清美の父親は病気で臥《ふ》せており実質、火葬場守は清美が継いでいた。火葬場の煙突から昇る煙となった息子を稔は見守った。人々が帰った後も稔は清美とそこに残り、ずっと見上げていた。

夜、稔は清美と火葬場の脇で仮り寝した。琢磨の肉体は夜を通してゆっくり燃やされ続けることになっていた。今も茶毘《だび》窯《がま》と呼ばれる薪を使用した旧式の燃焼炉だった。遺族は翌朝骨を拾いにくるのが通例だったが、幼い琢磨を一人寂しい場所に残すことはできなかった。

「よか、おれひとりで大丈夫ったい」

稔は、一緒に朝まで付き合うと申し出た清美に告げた。しかし清美は頑《かたくな》に首を振ってそれを拒絶した。

「な、なんがか、おれはここにいて魂ば見送るのが仕事ったい」

二人は火葬場の脇で肩を並べてしゃがみこみ朝を待った。

「琢磨の魂はどこさん行くとやろか」

と稔が呟いた。清美は返答に詰まった。大勢の死を見送ってきたが、友人の息子の死はいつもと大きく違って彼の心にも深く重くのしかかっていた。仕事と割り切ることに慣れている清美でさえも、可愛い盛りの友人の息子の死となると慰める言葉を見つけ出せなかった。

「……極楽なんてなかっちゃろうのい」

稔はうなだれたまま一人ごちた。

「お、おっどんは、ばさらか人ん死ば見てきたっじゃん。人の死には慣れてしもうとる」

「琢磨ん死でもかのい」

清美はまっすぐに稔を見た。

「ひ、人は死ぬんが人生たい。死ぬこっが全てったい。怖いもんだけん、みんな極楽を思い描く。極楽は確かにあるやろ。そるばってんそれは生きてる人間の心ん中だけやろのい。死んだ人はもうそげんこつは関係なかったい。死んだらもうなんも現世のことは関係なか」

清美は稔の肩を抱いた。

「か、悲しかこつは生きているからあるったい。死は苦しかこつじゃなか。く、苦しかろうっち想像するとは生きとる人間だけたい。死はそげん理屈から解放された場所にあったい」

稔は清美に、極楽はなかっちゅうんか、と訊いた。清美はすぐさま頷いた。

「極楽はなかばい」

稔は嘆息を零《こぼ》した。

「ばってん、地獄もなかったい」

稔は顔を上げて清美を見た。清美は荼毘窯の蓋を一度開け、中の様子を見た。炎が清美の顔を赤く染めた。何かが弾ける音がした。息子の目玉かもしれない、と想像して呼吸が苦しくなった。清美は淡々と蓋を閉めると稔の横に腰を下ろした。

7

稔には一つのアイデアがあった。それは、ひとりで持ち運びが出来て、発射速度も速く、殺傷力も高い軽機関銃の構想だった。機関銃はもともとひとりで多数の敵を打ち負かすという願望から生まれた武器で、破壊力は普通の銃に比べると圧倒的に大きい。日露戦争では重機関銃を日露両軍が使用したことで世界の注目を集め、近代戦争の新しい幕開けを示した。

これを教訓として最大限に生かしたのは第一次世界大戦におけるドイツ軍であった。この戦争では、機関銃と防御用の有刺鉄線が威力を発揮し、戦争の長期化をもたらした。大戦末期になると、防御戦を突破する新しい戦術が編み出された。歩兵戦では大規模攻撃戦術が姿を消しはじめた。ドイツ軍は少人数のグループが小火器を携帯し、相互に援助しあって突撃するという戦術を編み出し、画期的成功を収め、その後各国の陸軍がこれにならうようになった。

日本軍は日露戦争で既に軽機関銃を使用したが、国産ではなかった。軽機関銃の考案は何度もなされ、試作品も作られたが、有坂大佐の三八銃のような完成度には至らなかった。

生産に関して幾つかの技術上の大きな障害があった。軽機関銃は、速射を最大限に行うことが出来る小火器で、引き金を引いているかぎり、また弾薬が尽きるまで、装弾と発射が自動的に繰り返される。ただし、軽くコンパクトにする為に、効率的な給弾機構の開発が必要となり、また銃身が過熱しやすいという難点もあった。装弾と発射をどうするかという、作動方式の問題や、弾薬をどうやって補給するか、という給弾の問題、さらには一分間に何百発と発射することによる銃身の過熱をどう防ぐか、という冷却方式の問題等が開発にあたる一番難しい点であった。

稔は、それらの問題点の克服を目指し、列強が鎬《しのぎ》を削って開発を急いだ軽機関銃の製作に秘かに着手し、没頭した。それが、父と息子の死から脱する一番の癒しになると信じ込んでいた為だった。

稔の工作所に修理を依頼され持ち込まれた、デンマーク人の設計によるマドセン銃やアメリカ人ルイスが設計した機関銃が開発の参考となった。稔はそれらを分解し、細かく検討し、再度組み立てをおこない、実際に人のいない草原で試し撃ちもした。標的となる藁人形を長男と次男に一晩掛けて作らせた。至近距離から掃射すると銃身から噴煙があがり、目の前の藁人形が見事に破壊され、子供たちのあいだから歓声が上がった。火薬の匂いが、暫く鼻孔の奥につんと残ってなんとも言えない不気味な感覚を稔に与えた。子供の頃に三八銃で覚えた心地よい感覚ではなかった。横で狂気乱舞する子供たちの声に押されながらもなんとも恐ろしいものを手にしているという、生物としての深い怯えであった。しかし開発に成功すれば、日本を勝利へと導く手伝いも出来、負傷して逃げ帰った汚名も自分の中で返上できるはずだった。

8

稔は昼夜を問わず、軽機関銃の製作に没頭した。そのため、鉄砲屋の主な仕事は暫く人任せとなった。邪念を一切遮断して、日々最強の軽機関銃作りに打ち込むのだった。外国製の軽機関銃は大きさがどうしても日本人むきではなかったので、まず日本人の体型にあった出来るかぎり小型で、しかも破壊力のあるものの開発を目指した。研究の進展に合わせるかのように、日本はアジアへの野心を露わにしていった。

稔が開発した軽機関銃が一応の完成をみたのは日独伊三国軍事同盟が締結された昭和十五年の秋のことだった。江口型軽機関銃一号と名付けられたそれは、発射速度が一分間に八百発と速いのが特徴だった。作動方式はガス圧式を取り入れた。最初はショートリコイルとよばれる反動式の研究をしていたが、より発射速度を速める為にマドセン銃と同じ反動式を止め、ルイス銃のガス圧式を取り入れることとなった。

稔が採用したガス圧機構は、ルイス銃やマキシム銃を参考に改良したもので、発射前は遊底と銃身が閉鎖結合されているが、実包の爆発時に生じた高圧ガスがシリンダーの中に排出され、ピストンを後退させる。これにより遊底も押し戻され、薬室が開放状態となり、薬莢《やっきょう》がはじき出されるという仕組みだった。このあと戻しバネの力によって、これらのサイクルが繰り返されることになる。ルイス銃で使われているドラム型の弾倉を採用せず、超小型のカートリッジ式の新型弾倉を開発した点がさらに交換に手間が掛からず起動力を高めた。銃身の過熱を防ぐために稔は銃身に刻み目と穴を開け、空気で冷やす方式を完成させた。刀鍛冶時代の緻密で繊細な技術がここで大いに生かされる結果となった。

稔は清美と鐵造を誘って、稲刈りの終わったあとの田んぼで試し撃ちをすることにした。土手まで続く稲穂の間の畦道を、稔は完成したばかりの機関銃を担いで歩いた。清美と鐵造がそのすぐ後ろに続き、さらに稔の息子たちが追いかけた。少年たちは徹夜で拵えた藁の人形を何体も担いでいた。どの顔にも笑顔があった。運動をしにいくような気軽な顔だった。

風が稲穂を一斉に揺らし、一行はその真ん中を進んだ。見渡すかぎり彼らを遮るものはなかった。雲さえもなかった。鵠が低空で接近し、急上昇して大空の彼方へと登った。鵠が太陽と競っているような感じがした。

草原に出た。稔は、全隊止まれ、と声を上げた。

子供たちが力を合わせて藁の人形を一列に並べた。清美も鐵造も稔の作った機関銃の黒々とした迫力に圧倒された。子供たちは恐る恐るそれに触れ、ひんやりした感触にため息を漏らした。

「こん試し撃ちで問題がなけりゃ、軍に特許の申請ば頼もうかち思っとる」

稔は自分に言い聞かせるように明瞭に告げた。鐵造は、すごかな、と言いながら、稔の顔を覗き込んだ。

「ど、どれくらい破壊力があっとね。見た感じはおそろしかばい」

清美が訊いた。江口型軽機関銃一号は地面に敷いた筵の上にあった。まっすぐ標的を睨みつけているような厳しい顔つきをしていた。初めて三八銃を見たときにも負けない印象があった。いや今その二つの銃を並べて比較したなら、三八銃がどれほど時代後れに見えることだろう、と稔は心の中でこっそり自慢した。

「見てりゃ分かるったい」

稔はそう言うと寝そべった。清美と鐵造が子供たちを銃より後方に集めた。稔は照準を真ん中の藁人形に合わせた。安全装置を解除した瞬間、シベリアの吹雪の中で殺害した若い青年のことをまた思い出してしまった。どうしてあの時、止《とど》めを刺す必要があったのか。死を恐れたからか、卑怯で腰抜けだったからか。稔は凍りついた雪山の中で顔を血まみれにしながらのたうち回った赤軍兵士のことを思った。赤い嘔吐物をまき散らした最後の形相を思い出してしまった。引きつった眼球の奥深くから彼の生への希求が聞こえてきた気がした。稔はその幻想を打ち砕くように引き金を引いた。連続する激しい銃声が途切れることなく一帯に響き渡った。それは鼓膜を破りそうな勢いで耳の奥を叩いた。まるで自分の心臓が撃ちぬかれたかのような衝動が駆け抜けていった。空薬莢が次々に飛び出し、熱した銃身から水蒸気が噴出し、銃口の先に火花が細かく散った。

藁人形が粉々になった。それは小銃で心臓を貫くようなものではなかった。バラバラになった藁の固まりを次の弾丸が蹴散らした。視界が瞬間砂嵐に見舞われたかのように見えなくなった。耳をつんざくほどの銃声の後、藁の人形は跡形もなく、消えていた。風に舞う藁屑だけが、人形の痕跡を残していた。

弾丸を使い切ると急に辺りは静寂を取り戻したが、誰一人すぐに言葉を発することのできる者はいなかった。火薬の匂いが鼻孔を刺激した。稔は振動を堪えていたせいで軽い目眩が起こった。興奮のせいもあったし、また恐怖のせいもあった。掌から頭頂まで痺れが止まなかった。それは次第に稔の内部で震えに変わっていった。

暫くして鐵造が、すごかもんばつくりよったっちゃな、と漏らした。

「これがありゃ日本の勝ちに決まっとる」

稔は起き上がることができず、ずっと腹這いになったまま正面の田んぼを睨みつけていた。

「たったひとりで何十人、何百人と敵ば倒すことができるったい」

鐵造が駆け寄ってきて稔の肩を叩いた。しかし稔は、自分が何か訳《わけ》の分からない遠くの力に引き止められていることに気がついていた。稔の視界に大勢の兵隊の屍《しかばね》が積み上げられているのが見えた。そしてあのロシア人の青年兵士の顔がその中心で明滅していた。帰還後意識の中に閉じ込め、忘れていた殺人の記憶が蘇って稔を狼狽させた。

開発のせいで、確実に大勢の人々が死ぬ。それを背負う勇気があるだろうか、と稔は自問した。子供たちの歓声が稔を我に戻した。少年たちは、飛び散った藁を足で蹴飛ばして、日本の勝利たい、と叫んでいた。清美も、稔を起こしながら、やってくれたばい、と微笑みを浮かべていた。

稔は、新型の機関銃を見下ろしながら、まともに呼吸もできない有り様であった。

「いや、これはまだ試作の段階ったい……」

そう呟くのが精一杯だった。

9

日本軍が真珠湾を攻撃して太平洋戦争がはじまると、鉄砲屋は大忙しとなった。次々に壊れた銃が運び込まれ、まさに最前線の野戦病院並の混雑となり、連日工場は夜を徹しての操業となった。機関銃どころではない、と稔は周囲に告げて新型機関銃開発を延期し、壊れた銃の修繕に全力を注いでいた。機関銃の予想以上の威力を見た瞬間から、稔は不意に自分がこの戦争の結末に深く関与することになるような気がして怖《お》じけづいてしまったのだった。機関銃は確かにまだ不充分な箇所があったが、完成は目前であった。

稔は工作所に島の若者を出来るかぎり雇い入れた。ここで働く者が兵隊に取られずにすむことを知っていたからだった。戦争は長期化しないような気がしてならなかった。ただ、日本が負けるとはっきり確信していたわけではなかった。実際稔は消防団の団長として島を護るために必死で貢献していた。毎日のように女、子供たちに水の入ったバケツを手渡す防火訓練を指導したり、避難訓練や、いざという時の為の竹槍《たけやり》の突き方まで教えていたのだった。負けることを願っていたわけではなかった。勝つことだけを考えよう、と稔は人々を励まし続けた。しかし足許から忍び寄る敗戦の予兆を否定することはできなかった。

ある日、遅くまで仕事をしていると、突然正面の扉が開き軍人の影が工作所の土間に揺れた。カンテラの灯に照らしだされた隼人は部下を数人つれていた。

「みのるしゃん、みずくさかじゃなかか」

隼人は作業台の横にある椅子に腰掛けた。部下たちは扉の傍《そば》で待機していた。待っているというのではなく何か稔を遠くから威圧しているような印象だった。

「なんがや」

稔は呟いた。隼人の耳に機関銃のことが届いたのだな、とすぐに察したが相手の出方を待つことにした。

「国の勝利のためにすごか銃ば開発してくれとるそうじゃなかか」

稔は立ち上がり、隼人の目を見た。瞳の奥で燻《くすぶ》っている青白い光は、かつて見たことがないほど不吉な色合いを漂わせていた。兵隊たちの陰に鐵造の顔もあった。鐵造は一瞬申し訳なさそうな笑みを浮かべてみせた。

「あれか、ありゃまだ未完成品たい」

隼人は立ち上がった。

「未完成品でよかたい。見せてくれんね」

「まだ、見せらるるほどどんもんじゃなか」

「それは軍が決めるったい」

隼人は稔の肩を叩き、工場の中を歩きはじめた。

「日本は今国民が一丸となって戦っとるとき。個人の利益で動いちゃいかんばい。おまえがすごか銃ば発明したっちゅうこつはもう耳にはいっとう。狭か世界やけんね。だけん、おれがきたっちゃん。おれがその銃ば日本のために貢献させてみせるけん」

稔は首を振った。

「そうじゃなか。何べんか試し撃ちばしたばってん、まだおもわしゅうなかとこのあったい。おっどんはしろうとやけん、うまくいかんとこがあるとたい。誰がそげんほめてくれたか知らんばってん、あげなもの戦場に持っていったらおおごったい。みんなに迷惑ばかけることになるばい。もっと完全な形にしてからおまえに真っ先に見せようと思っとった」

稔は笑いながら、一号機ではなく試作品が仕舞ってある棚を勢いよく開け、中から不完全な段階の方の機関銃を取り出して差し出した。まだ弾倉はカートリッジではなくドラム型の旧式だった。しかも新開発した空冷の刻みも入っていなかった。外国製の機関銃よりも数段劣った。連隊に持って帰ってもこれでは戦えないと専門家は口を揃えるはずだった。

稔は、相談もなく隼人に機関銃のことを喋った鐵造を一瞥《いちべつ》した。鐵造は稔に睨まれて

怯《ひる》んだが、

「ぼくはみのるしゃんの発明ば無にしたくなかったっちゃん」

と告げた。

「そるばってんこりゃまだ完成品やなか」

稔が強く言うと、鐵造は唾を飲み込んで下を向いてしまった。

隼人は部下に顎で合図をし、機関銃を用意してきた大きな鞄の中に仕舞わせた。

「それはおれが決めるこったい。安心せんか、おれたちゃみんな親友やなかか。悪いようにはせんって。おまえの権利も大切にする。損ばせんようにしてやるたい」

薄気味悪い笑みを浮かべながら稔の手を隼人はねっとりと汗ばんだ手で握りしめた。

10

隼人が死んだという知らせが舞い込むのはそれから三カ月も経たない昭和十七年の初春のことだった。

開襟シャツの胸をはだけて汗を乾かしながら稔は作業をしていた。ヌエが茶を持って母屋《おもや》からやってきた。稔は作業を一時中断して一緒にくっついてきた子供たちと休憩を取った。あまりに穏やかな日だった。

「み、みのるしゃん、た、た、たいへんなこつがおこったっちゃん」

閉じた瞼の中で、既視感が起きた。清美が悪い知らせを持ってくることを稔は予知していたのだった。前にも同じような知らせを受けたことがあった。自分の周りには家族がいて、やはり光が満ちていた。その時も自分はこうして瞼を閉じて降り注ぐ光を感じていたのだ。前世でも不幸は不意にやってきたにちがいない。

「隼人が中国へ出張で出かけて戦死したったい」

ヌエが、なんちゅこっね、と叫んだ。息子たちも父を心配そうに眺めた。倫子が作業の手を休め、小さな悦子を外に連れだした。試作品の機関銃を持って帰ってから、隼人からは何の音沙汰もなかったので、やはり採用されなかったのだなと安心していたが、それだけに死んだ、という思いがけない知らせは稔を激しく打ちのめした。友を裏切ったような後悔に苛まれた。

「ど、どげんする」

清美は稔に訊いた。

「死んだっちゃろ。死んだっなら、どげんもこげんもしようがなかろうもん。おまえが言ったやっか、死んだらみんな現世のもろもろから解き放たれるとやろ。それやったら、その方がよか時もあるったい」

稔はシャツのボタンをきちんと掛けなおしてから、おもむろに立ち上がると引き寄せられるように太陽が照りつける外に出た。戦争中とは思えないほどにまだ島はのんびりしていた。稔は目を細め頭上で輝く太陽を苦々しく見た。何であんなに揚々と燃えていられるのか、その中心を稔は覗き込みたかった。

「みのるしゃん」

清美が後方で叫んだ。稔はヌエを見た。ヌエはじっと稔の目を見ていたが言葉は一切掛けなかった。稔は持っていた金鎚を長男に手渡して歩きだした。

11

稔と清美は土手にいた。筑後川は有明海に向かって緩やかに注ぎ込んでいた。時代の流れの慌ただしさなどまるで関わりなく泰然とした流下であった。桟橋が遥か先に見えていた。渡し船を漕いでいるのは鐵造だったが、その姿はあまりにも小さく遠かった。

鐵造は櫓を上手に使って船を対岸へと進めていた。鐵造の父親は数年前に死に、鐵造が渡しを継いだ。渡しなんかやるものか、と言いつづけていたが、父親の死によって逃げられなくなった。

金色に輝いた川面が新田《しんでん》桟橋まで伸びていた。鐵造の船はその中をゆっくりと移動した。風のそよぎまでもが見えそうな静寂である。

隼人はどこの桟橋から蒼惶《そうこう》として船に乗り三途《さんず》の川を渡ったのだろう、と稔はぼんやり思った。苦しみ悶える隼人の顔が、あのシベリアの赤軍兵士の顔と重なった。

稔は土手に腰をおろし、そこらへんの草をむしりとり、川の中へ目がけて投げつけた。清美は稔の後ろに立ったまま、じっと川面を見つめていた。鐵造に隼人の死を伝えなければならなかったが、こうして何も知らずに働く鐵造を見ていると、そのことをいつまでも知らせないでおきたかった。知らなければ鐵造の中で隼人は永遠に死ぬことはないのだ。彼はいつまでも隼人の子分でいられるのだった。

日が暮れ、最後の便が大野島桟橋に戻ってくるまで二人は土手に腰掛けて待った。夜、三人は渡し船に乗って大川村の若津《わかづ》に出かけた。若津は筑後川の上方にある港町だった。この辺りでは唯一の歓楽街で、山の方から木材の筏《いかだ》が流れ集まるので有名な木材交易の中継港だった。そのため、小さな遊廓《ゆうかく》が裏通りに犇《ひし》めいていた。

「手を合わせて拝むなんて隼人君には相応《ふさわ》しくなか」

鐵造が力を込めて告げた。

「あいつがどげんさみしか日々をおくっとったか、君たちに見せたか。隼人の女たちと一緒に弔《とむら》うんが一番たい」

稔も清美も黙っていた。

「ぼくは隼人君に何度か連れられて行ったこっがあったったい」

と鐵造が言い訳をするように告白した。隼人は遊廓さん通いつめとったか、と稔が問うと、鐵造はすぐに言葉が出ず、唇を震わせたまま頷いた。

「あいつは女子《おなご》が好きやったっちゅうより、温もりを求めよったと。隼人は遊廓の女たちに愛されよった。あん隼人がそこでは優しか男で通りよったけん、笑えるったい」

誰もが無言だった。鐵造の漕ぐ櫓が水を跳ねる音だけが響いていた。夜の暗い水面に月の光が落ちてそれは生き物のごとくゆらゆらと靡《なび》いていた。大川側の岸に停泊する小型漁船の影が何十隻と連なって見えた。

稔も清美も隼人のことを考えながらどこまでも暗い川面を眺めていた。船の前方に港町の明かりが見えてくると、鐵造の鼻を啜る音が聞こえてきた。

華月という店は、軍務から離れた隼人が好んで通っていた店だった。近くに駐屯する兵隊たちがその夜も大勢出入りしていた。鐵造が先導して店に入った。戦時中だというのに店の中は思ったよりも明るかった。女将《おかみ》は分厚い白粉《おしろい》を塗りたくった慇懃《いんぎん》な女で、稔たちの身なりを上から下まで見下ろしたあと、遊びにきたつね、と確認した。

「友達の分まで遊ばしてくれんね」

鐵造が言った。女将は、景気よかね、と笑った。

稔が通された部屋は二階の薄暗い四畳半で、真ん中に煎餅《せんべい》布団がぽつんとあった。蠟燭の炎は隙間風で時折撓《しな》り、そのたびに部屋全体が揺らぐような錯覚が起きた。稔は遊廓で女遊びをするのは初めてだった。二十四、五の若い女が上がってきた。愛想のいい、少し男っぽい骨格の女だった。稔が黙っていたせいか、女は暫くどうしていいのか分からず戸惑いながらも部屋の隅に畏《かしこ》まっていた。

「お客さん、前に会ったこっあっとやなかね」

女は稔の顔を下から覗き込んだ。なか、と稔はぶっきらぼうに答えた。なんか見覚えあるっちゃけどね、と女は微笑みながら食い下がった。

「頼むけん、知らんと言ってくれんかのい。今日の気分は、そげん、だれでんかれでん何処《どこ》かでおうたろーち言われとうなかもん」

稔がそう強く言ったので女は稔に背中を向けたまま黙って赤い着物を脱ぎはじめた。女の肩甲骨《けんこうこつ》の上で蠟燭の明かりが波うった。稔はいつまでも眺めていたかった。それが隼人への弔いだと思った。女が脱ぎおわった後も稔は女に近寄らず、背中を向けたままでいるようにと言った。

「お客さん、なんで抱かんとですかのい」

女は壁を見つめたまま笑いながらそう呟いた。稔は肘をついて寝ころがった。この戦争の切迫した時期にこんな仕事をしている女に腹が立ってならなかった。それでも国の為に明日命を落とすかもしれない、隼人のような立場の兵隊たちには、ここは安らぎと温もりの場なのだろう、と考え直した。そう思えば、この不謹慎な空間を許すこともできた。

「あっちの方がつかいもんにならんとじゃなかですか」

女はそう言うとげらげらと笑いだした。品のない笑い声に稔は口許を真一文字に結び直した。隼人の最期が見えるような気がして、稔は顔を顰《しか》めた。

「抱いてくれんと困るったい」

女は顔を少し稔の方へ向けて、甘えた声で求めた。

「服ば着てくれんね」

稔が言うと、女は不思議そうな顔で振り返った。稔は立ち上がり、ズボンをぽんぽんと叩き、すまんのい、気を悪くせんでくれんかのい、と告げ女の脇を素通りして部屋の外に出た。

隼人が独身だった理由がなんとなく分かる気がした。死を最初から予感していたに違いなかった。稔は何度も首を小さく振りつづけた。それから胃に溜めていた呼気をゆっくりと吐き出した。

廊下は暗く、どちらが出口だか分からず、稔は目が慣れるまで暫くそこで立ち止まった。隣室の戸の間から女の悶える声に重なるように鐵造の唸り声が届いた。聞いているほうが恥ずかしくなるような野性だけが露出した苦痛に満ちた叫びだった。

12

三人は家には戻らず、若津の岸辺にある飲み屋で酒を水のように呷《あお》り朝を迎えた。普段生真面目で冷静な稔もこの時ばかりは羽目を外した。清美は真っ先に酔いつぶれた。鐵造は歌った。稔が手を叩き、初めて会った店の女主人が合いの手を入れた。楽しいはずはなかったが、誰も笑みを絶やさなかった。昔話はしなかった。隼人のことも一切話題にしなかった。こうやって三人で馬鹿騒ぎをすることが隼人への唯一の弔いだった。

明け方、稔は清美や鐵造が半睡に入ると、こっそり店を抜け出した。裏の筑後川まで行き、夜が明けはじめた川原に向かって放尿をした。溜まっていた小水が膀胱《ぼうこう》から排出されるのはなんとも気持ちのよいことだった。体内の全てのものを吐き出したかった。最後の一滴が滴《したた》り落ちると、稔は酔いが冷めないうちにみんながいる店へと戻っていった。

13

隼人が死んだ年の六月には日本はミッドウエー海戦で敗北した。敗戦の影がその頃より日本列島に静かにしかし少しずつ降りかかりはじめていた。翌年、二月にはガダルカナル島から日本軍は完全撤退を迫られ、九月には同盟国のイタリアが無条件降伏をし、昭和十九年の六月にはアメリカ軍がサイパンへと上陸、二十年二月には硫黄島にまで迫っていた。

長閑《のどか》だった島にもアメリカ軍の戦闘機が日に何度と飛来し、ゼロ戦だと思って手を振り上げた子供たちを失望させた。筑後川の中瀬にある道流堤は潜水艦と勘違いされてか、執拗な攻撃が繰り返された。そのたびに、桟橋は損害を被《こうむ》り、稔たちが力を合わせて修理をしなければならなかった。

ある晴れた日、島に警報が鳴り渡った。工場で働いていた稔は仕事道具を放り投げ、家にいる子供たちを集めて防空壕の中へと退避した。防空壕の中で稔たちは布団を頭からかぶり、警報が解除されるのを息を飲んで待った。幼い悦子がお腹《なか》を空かせて泣きだした為、稔は工場の脇に植えたばかりの、まだまだ実りきらないトマトを取りに走った。僅か数十メートルの距離なのに、防空壕を出てすぐ、稔の足許にグラマン戦闘機の機影が重なった。次の瞬間機銃掃射を浴びた。地面がめくれ上がり、稔は間一髪用水路に飛び込み、橋の下に隠れて助かった。

青空に飛び去る敵機を見ながら、稔は時代が変わることを確信した。

三月の東京大空襲に続いて、沖縄に米軍が上陸すると、アメリカ軍がこの島にもやってくるのではないかと人々は不安を隠さなかった。アメリカ軍が来たら、真っ先に軍の仕事をしている鉄砲屋へやって来るだろうと島中が噂していた。その噂は子供たちの耳にも届いていた。

「アメリカの兵隊がここに攻めてくるって皆が噂しよる」

「みんな逮捕されて死刑になるっちゅう噂たい」

ヌエがどんなに、大丈夫、ご先祖さまが守ってくれるけん、と宥《なだ》めても、経験したことのない恐怖が子供たちを包み込み、不安定にさせた。

稔は子供たちを一列に座らせると、日本は負けん、と声を荒らげた。床の間に飾ってあった日本刀を取り出し、それを子供たちの前で引き抜いた。名人と謳《うた》われた稔の曾祖父が鍛えた刀で江口家の家宝だった。刃を子供たち一人一人の目先へと突きつけ、一喝した。

「なんも、心配せんだっちゃよか」

かつて決して見せたことのない厳しい表情だった。腹の底から声を振り絞ることで、家族の不安を払拭したかった。

「もしもんこつがある時は、アメリカ兵には手は出させん。おれがおまんたちを一人一人成仏《じょうぶつ》させてやるったい」

子供たちは、誰もが口を噤《つぐ》んだ。瞳はまだ恐怖を訴えていたが、稔の気迫の前で言葉は続かなかった。稔は刀を高くかざし、子供たちの迷いを拭い去ろうと強く一振りした。刀の先が畳を破りめり込んで止まった。

悦子が泣きだし、ヌエが背後からそっと、大丈夫ったい、と抱きしめた。稔にも懸念がないわけではなかった。機関銃を開発していたことがアメリカ軍に知れ渡れば、間違いなくここへ彼らがやってくるはずだった。島の誰もが鉄砲屋のことは知っているのだ。逃げ隠れする場所などこの島の中にはなかった。

長崎に原爆が投下されたことが伝わってくると、長閑だった島に、もっとはっきりとした動揺が打ち寄せてきた。天皇がポツダム宣言を受諾して戦争が終結すると、稔の一家の不安は頂点に達した。

稔は子供たちを夜中に起こした。闇の中で起こされた子供たちは、身を寄せ合って震えた。殺されると思った悦子が泣きだした。稔は悦子を抱きしめて、そうやなか、銃ばこっそり川に捨てに行くったい、と告げた。

闇に乗じ江口一家は手分けしてリヤカーに乗せられるだけの全ての銃や刀や迫撃砲を分載した。隠していた江口型軽機関銃も積み込んだ。工場にあった銃はリヤカーで何十台分にもなった。

リヤカーに満載した武器を稔たちは早津江川まで捨てに出かけた。みんな真剣な表情だった。悦子も必死でリヤカーを押していた。時折、ぶつかり合う金属がもの悲しい鳴き声をあげた。

大詫間との境に古びた船着場があった。そこは周辺では一番水深があり、大型の船が接岸するのも可能だった。稔たちはリヤカーを船着場の先端へと運んで止めた。稔は、すまんのー、と一言告げてから息子たちに銃を川へ投げ捨てるよう指示を出した。息子たちはリヤカーから銃を運び出すと、次々に川の中へと放り投げていった。鉄の固まりは水しぶきを上げながら、重々しく川の底へと消えた。稔は立ち尽くしたままじっとその光景を眺めた。倫子も悦子もヌエも手伝った。連続して水が弾け続けた。夢や希望が、二度と浮上できない川底の暗国世界へと沈められていくような気分に、稔は包み込まれていった。

「これからどげんするとよかやろか」

稔は息子たちの必死な姿を見つめながら呟いた。

第五章

1

日本が戦争に敗れた後も長閑な島の景色は少しも変わることがなかった。進駐軍が江口工作所にやって来ることもなく、稔が機関銃を開発していた廉《かど》で警察に逮捕されることもなかった。ただ、江口工作所に大口の仕事はなく、稔は人員を大幅に整理し、規模を縮小しながら農機具の修理などでほそぼそと工作所を維持するしかなかった。

物資は不足し人々の生活は逼迫《ひっぱく》していたが、日常生活は新たな時代へ向けて動きはじめており、大都会のような暗く沈み込んだ敗戦の頽廃《たいはい》した空気はなかった。光は戦争が過ぎ去った後にもいつもと変わらず島中に降り注いでいた。子供たちは田んぼを駆け回り、鵲は相変わらず優雅に空を舞っていた。人々の意識が多少変化しても、稲作地帯を過っていく風の穏やかなそよぎは、昔のままだった。

五十歳を間近にした今も稔にはシベリアで殺害した青年兵士のことが思い出されてな

らなかった。戦時中の緊張がほぐれ、敗戦という弛緩《しかん》の中で初めて、急ぎ過ぎた歴史に巻き込まれた罪の意味が稔の心の深部を揺さぶっていた。

あの青年にも恋人はいたに違いない。親の悲哀はどれほどだったか。彼が何という愛称で日々呼ばれ、誰に愛され、あるいは慕われ、どんな人生を生きてきたのか、時々ふと思い出してはその記憶が古傷のように心の奥で痛み出し稔を苦しめた。

全ては戦争が犯した罪だと言い聞かせようとするが、あの時の青年の唇や瞳の色まで覚えているのだった。雪を染めたどす黒い血や、肉の感触までもが、長かった戦争の時代が終わった途端に、どこからともなく蘇ってきた。それらは今までは全て戦争という非常事態の中で、合法の裡《うち》に許容されていたことだった。

敗戦が決まり、日本軍が解体し、天皇が人間宣言を出した今、緊張が解けるのと同時に稔は過去を思い出した。それは既視感などではなく、記憶の感触であった。土手から夕日を眺めている時や、工場で新しい機械の発案をしている最中などの何気ない一瞬に暗い記憶の光が差し込んだ。銃声や兵士の嗚咽は彼方から稔を狙撃した。殺人の明瞭な手触りは稔の裡に日に日に募《つの》っていった。世界が平和という協調の中に傾斜していく中で、稔は過去の実感に苛まれ続けた。意識にこびりついた殺人の記憶は、簡単に消えることはなかった。

稔は五十歳にして突然、鳥肉だけでなく、肉類全てを食べることができなくなった。肉を見るとあのシベリアの記憶が蘇った。肉を食べている人さえ見ることが出来なくなっていった。

2

ある時、稔は葦原《あしはら》を歩いていた。葦原の道無き道を進むと、茂みの中程に古びた骨を見つけた。骨は他にも数本散乱しており、土の中に埋まっているものもあった。見回してみるとこんもりと土を盛った土葬の墓と思われるものが幾つか肩を寄せ合うように散在していた。葦が覆っていたので今まで島民は気づかなかったのだろう。十七世紀に開拓に従事した人々の墓がすぐ近くにあったので、稔はそれと同じものかもしれないと想像した。散乱の様子から犬の仕業のようだった。

頭部の骨は見当たらなかった。稔は大腿骨らしい骨を拾い上げた。

辺りがどんよりと沈み込んでいくような気配があった。頰に雪片を感じた気がした。不吉な吹雪の光景が見えていた。激しい呼吸音も聞こえた。横殴りの雪の礫《つぶて》の彼方に横たわる死体もあった。

稔は骨を眺めた。両手で黄ばんだ化石のような骨を摑むと、この骨の主が生を得て死ぬその時までに見てきた世界の一部始終が脳裏に一瞬蘇ったような気がした。

人間を殺すことがどうして罪なのか、と稔は想定してみた。人間だけがこの自然界で同種を殺すことを罪悪と感じてしまうわけで、だからこそ人間は他の動物たちと大きく違うのだろう。しかしその規定は神様を侮辱しているものではないのか。人間も本来動物に過ぎず、弱肉強食を否定することなどできない。生まれつき本当は滅びることを背負わされているのではないか。だからこそ戦争は無くならないのだ。ならば殺人は神様が予《あらかじ》め人間に与えた動物的本能ということはできまいか。人を殺してみなければ分からないこともある。動物が動物を食って自然と対峙《たいじ》するように。……稔はそう自分に言い聞かせたが、次の瞬間にはこの自己防衛に腹が立ち首を強く振ってそれを打ち消した。

夕刻、稔はいまだかつて誰にも打ち明けたことのない自分の罪について耳を傾けてもらうために和尚を訪ねた。和尚は稔の告白を黙って聞いた。稔が語り終えてもすぐには口を開かなかった。茶碗の中をじっと見つめ、口許を少々窄《すぼ》めては頭を微細に揺さぶっていた。

「戦争の真っ只中のできごっやけん、仕方んなかこったい」

和尚は呟いた。

「そるばってんこの頃毎晩、とどめをささんちゃよかったんじゃなかったかと悩んどっとです」

「それも仕方んなかこったい。戦争が一番悪か。そげんせんかったら、おまんが殺されとるかもしれんのやけん」

「ばってん、あん時は確かに殺意ばもっとったです。虫の息だったあの青年ば殺すというハッキリとした意志がありましたけん。いや、もっと言えば最後の瞬間、自分にはあの青年を殺したいという自覚すらあったとです」

和尚の眉間に無数の皺が寄った。

「それもこれも、戦争のせいたい。そげん自分ば責めてどげんする。人間は頭がよくなりすぎると間違いを起こすようにもともと仕組まれとるったい。よかかい、戦争で人を殺さんければならなかった自分の不幸を忘れてはならん。それば一生抱えて生きんとでけんばい。生き残った自分が死んだ人間の分までこの世界でなんができるか考えんとならん。それが残った人間の使命たい。殺した人への罪ほろぼしばい」

「罪ほろぼし……」

「生き残った人間にできるこっばするったい。みのるしゃんにできる何かがあるはずばい。それば見つけて死者のために、人のために生きるなら、おまえん中に募った罪悪は浄化さるるはずばい」

和尚は稔の瞳の奥をまっすぐに覗き込んだ。稔は和尚に見られていることで自分の不安定な精神が幾らか和らぐのを覚えた。肩の力みをほぐすように軽く数度回してみた。筋肉の節々が痛かった。神経を通して痛みが頭頂へと緩《ゆる》やかに駆け登ってきた。

3

このところあの人がおかしかとです、と鐵造の妻君江より稔が相談を持ちかけられたのは敗戦の翌年の春のことだった。……何日も帰って来んもんで心配しよるとです、突然帰って来たかと思うと、酒と女の匂いがして臭かとです。君江は泣いて訴えた。

稔は鐵造の仕事が終わる頃を見計らって桟橋に出かけた。暗くなった川岸の渡し船の上で鐵造が後片付けをしていた。よお、と声を掛けると鐵造は気まずそうに稔を一瞥した。

「なんか今時分、もうしごっはおわったったい」

鐵造はぶっきらぼうに告げ、作業に戻った。

「そうやなか、最近会ってなかったもんやけん、どげんしとるかなち思ってくさ。隼人が死んでからおまえともあまりおおとらんけん」

稔が言うと鐵造は鼻で笑った。

「君江にでん様子ば見てきてくれち頼まれたっやなかか」

稔は隠さず、そうたい、と頭を搔いて微笑んだ。

「どうせそげんこつやろうって思いよった。ばってんおまん考えとう通りたい。ぼくは若津に好きな女子ができて通いつめよっとばい。今日もこれから出かくっところたい」

稔は船に飛び乗った。船が揺れた。

「おれも行く」

稔は船の中程に腰を下ろしてそう告げた。鐵造は暫く迷ったが、ふんぎりを付けると、よかたい、と呟いて船を漕ぎはじめた。

真っ暗な川の中を二人を乗せた渡し船は上流の若津を目指して進んだ。月も出ておらず静かであった。鐵造は稔の背中をじっと見つめながら櫓を漕いだ。

「のい、隼人が生きてた頃はよう四人で遊んだったたい」

稔は前方を見据えたままそう告げた。鐵造は、楽しかったない、と幾らか心を開いて告げた。

「葦原でよー遊んだもん」

「おお、遊んだない。清美ば随分と苛《いじ》めたったい」

二人は笑った。

「おまえら二人は手加減ばせんかったもんのい」

「あん頃はむごかったばい」

二人は口許を緩めたまま暫く黙って暗い川面を見下ろしていた。

「いつまでん子供でいたかったたったい」

鐵造の声は低く川面を這うように響いた。

「そうはいかんばい」

稔は諭《さと》すように声を強めた。その表情を鐵造は見ることは出来なかったが、友を心配する厳しいものであった。

「この頃夢ばっかり見る。それが現実やろか夢やろか分からんような曖昧《あいまい》な夢たい。夢ん中でもぼくは船頭ばしとる。大野島桟橋と新田桟橋とば行ったり来たりしよっとやん。夢やろか現実やろかさっぱり分からんとやけん苦しか。船を漕ぎながらもこれは夢やなって分かってるったい。それがなんも起こらん夢なもんで本当に途方に暮れるとよ。ただあっちへ行って帰ってくるだけの夢だけん。ひょっとしてこれは夢ではなしに現実じゃなかろうかち不安になるったい」

稔には鐵造の苛立ちが船を通して伝わっていた。上流の方は暗く先は見えなかった。

「生きとらんだっちゃ、夢の中にいるだけでん充分な気がするとや。こうやって若津まで出かけていく自分がこの世のなかに存在していることの不思議は、説明したくてもでけん」

稔は口を挟みかけて止めた。なぜか苛立つ鐵造の声が心地よかった。

「こうやって闇の中で櫓を漕ぐやんね。聞こえてくるんはぎーぎーちゅう櫓の擦れる音と跳ねる水の音だけたい。ぼくはこのままどこかわけの分からんところへたどり着くんやなかかっちゅう期待にいつもワクワクしながら漕いでいるったい。こげん闇ん中ば移動しとるとよお分かるったい。現実なんて最初からなかっちゅうこつが……」

稔は不意に振り返った。もしかしたらそこに鐵造がいないのではないかと思ったからだった。しかし彼はそこにいた。櫓を漕ぐ姿は逞しく、まさに現実だった。

「ぼくはもう三十年もこうして渡しの仕事ばしよるばってん。何万人という人を反対岸へ渡したばってん。それがいったいどげん意味があるか、よお分からん。意味なんてなかったったい。ただ何往復もこっちと向こうとば行ったり来たりしたに過ぎん。そしてぼくはいつか死ぬとやろ。隼人が突然姿ば消したように、ぼくもじきに消えるったい。そしてぼくが櫓ば漕がなくなってくさ、筑後川から渡しが消えたら世の中はどげんなるとやろかのい。なんも変わらんか、あるいは全部が失われるかのどっちかやろのい」

正面の暗がりの先に若津の光が見えはじめた。川面が街の光で浮上しはじめ、そこに流れを描いた。川を下る幾艘かの船とすれ違っていった。稔はすれ違う木材の運搬船を目で追いかけた。甲板にいる船員たちのシルエットだけがぼんやりと闇の中に浮かび上がっていた。彼らが向かう先が気になった。

「自分がいなくなった後の世界っちゃどげんもんやろかのい」

鐵造は少し落ちつきを取り戻して言った。稔はもう振り返らなかった。まっすぐ光の方だけを見つめていた。光は瞬《また》いたり伸びたり膨らんだり霞んだりしながら少しずつ近づいてきていた。あるいは離れているのかもしれないと稔は想像した。この見えている世界が全て鐵造の夢の中だったとしたら、と考えては可笑《おか》しくなった。

「みのるしゃん、ぼくが消えたらこの世界はその瞬間に消えてしまうと思うとばい。世界は自分の頭ん中にある幻って思うとよ。みのるしゃんも結局ぼくがつくり出した幻たい。隼人も、清美も、君江もみんな幻ばい。ぼくはね、今まで大勢の人間ば桟橋から桟橋へと連れていったったい。あれは全て幻やったとよ。わかるね、みんな幻ばい」

船はゆっくりと若津の港に着いた。

戦後の遊廓街は一頃の殷賑《いんしん》を失って敗戦の影響を受け幾らか陰りを滲ませていた。二人は薄暗い通りを無言で歩き、華月へ向かった。店に入ると女が鐵造を待っていた。女はまだ若く二十代の前半だった。この場にどこか相応《ふさわ》しくない真面目そうな印象だったのがなぜか稔を不安にさせた。鐵造は稼いだ金をすっかり女に貢《みつ》いでいる様子だった。女は稔の存在などまったく気にする様子もなく鐵造の腕をひっぱって奥へ向かった。

「どげんする」

鐵造が店の戸口で佇む稔を振り返って言った。

「おっどんはよか。ついてきたかっただけやけん。……裏で呑んでおまえが戻って来るのば待つことにする」

「なんな、付き合いの悪か男たい」

鐵造は顎を引き、決意した者の目で稔を覗き込んだ。

「……そういや、いつでん君はぼくたちの遊びを冷めた目で見よらしたもんね。清美を苛めるぼくたちを、どこかで幼稚だと思っとったとやろ」

「そげんこつはなか」

「さあ。どうだか。今だって、どっかでぼくを馬鹿にしてるのと違うか。君江に報告したらよか。ぼくがこの大変なご時世に家をほっぽりだして女に現《うつつ》を抜かしているっちゅうこつを」

稔は嘆息を漏らした。廊下を曲がりかけて鐵造が一度振り返った。その明かりに映し出された顔は驚くほどに疲れてくすんでいた。なのに鐵造は方向の定まらない笑みを浮かべて軽く右手を持ち上げ人指し指を天に向け、意味不明の合図を稔に送ったのだった。

4

八十歳になった母金子の耄碌《もうろく》は日ごとに酷《ひど》くなっていた。

長四郎が他界して、金子は物忘れがよりひどくなり惚《ぼ》けた。惚けただけではなしに、記憶がしょっちゅう逆行したり重なったり消えたりした。過去と現在が渾然一体となり、つい昨日のことを話していたかと思えば、話題はどこからか三十年も前のことへ遡《さかのぼ》り、そこには生きた石太郎も出てくれれば、若き長四郎もいて、おかしくなりはじめの頃は金子が何を言っているのか稔もヌエも理解に苦しんだ。それが次第に、金子が時空を行きつ戻りつしているのが分かってから稔は時間軸にとらわれず母のうわ言を聞くこつをつかんだ。

「……あれはどげんしたかね」

あれってなんかかん、と稔が聞くと、石太郎の草履《ぞうり》たい、と金子は答えた。

石太郎の草履、と言いかけて稔は口を噤んだ。ああ、と言葉を濁してから母親の顔を覗き込んだ。瞳は何十年も前の日々を彷徨《さまよ》っているのが分かった。目尻や眉間が神経質に波うつのとは対照的に口許はうっすらと微笑んでいる。稔は横目でそんな母の顔を窺い、口裏を合わせた。

「おまえたちはいつだって悪戯《いたずら》に限度がなかっちゃん。草履が無ければ学校へ行かんでんよかっちゅうこっにはならんとばい。草履なんか無かったっちゃ、うちは石太郎を学校へ行かせるこつができるとばい。裸足《はだし》で行きんしゃい。裸足で学校さん行って笑われるとはおまえやろもん。それが嫌だったらいますぐ草履を持ってくることたいね」

稔は虚《うつ》ろな目をしている母親の顔を見ながら懐かしく思っていた。よく兄石太郎と家族全員の草履を隠したものだった。草履が無ければ学校に行かなくてすむと石太郎は考えていた。大抵草履は畑に聳える藁の山の中に隠した。隠したのはいいが見つけ出せなくなって長四郎に殴られたこともあった。

「稔、石太郎ば呼んでこんね。ちょっとあん子ばおごらんといかん。ろくなことばいいよらん。ちっとは懲《こ》らしめんといかんばい」

稔は金子の手を取りそっと握りしめた。金子の視線は過去を彷徨ったままであった。

「最近石太郎ば見かけんたいね。どこさん隠れよっとやろかね。またうちば驚かそうっちゅう魂胆《こんたん》なんやろうけど、あん子のやらかしそうなこつは見え見えばい。稔、知っとるなら隠さんで言わんと後で一緒におごらるるよ」

金子はそう言うと微笑んだ。しかしふっと笑い止むと口許を神経質に窄め唇を何度もぴくぴくと動かした。

「幾つになっても子供んまんまたい」

金子は聞こえるか聞こえないかというほどの声で呟いた。何かを思い出しかけて不意に意識の底へ慌てて仕舞い込んだように表情を取り繕った。

5

倫子が九州地区の弁論大会で優勝したのは戦後の江口家にとっては久々に明るい話題となった。倫子の顔写真が新聞に大きく載り、稔はそれを朝から晩まで何度も自分が勝ち取ったかの気分で眺め続けた。

倫子が毎晩家族や近所の人々を前に弁論の練習をしているのを稔も見て知っていた。気恥ずかしくなるので予行練習には顔は出さなかったものの、広間の方から聞こえてくる潑剌《はつらつ》とした彼女の声には不思議な癒《いや》しを感じ、火鉢の前で身を乗り出してはそっと耳を敲《そばだ》てたものだった。

稔は光る丘村のことを思い出さずにはおれなかった。弁論大会で人々の心を引きつける話術の巧みさはやはり前世が巫女《みこ》だったこととなんらかの関係があるに違いなかった。倫子が人前で自分の意見をはっきりと述べる凛々《りり》しい姿には一点の曇りも感じられなかった。この子は大勢の人を引きつける才覚がある、と稔は見抜いた。口下手な一族の中でどうして彼女のように自分の意見を言い切ることのできる人間が生まれ出てくるのかは輪廻《りんね》の力と思うほか想像できなかった。

倫子はある時稔に告げた。

「お父さん、どうして人間には相手が何を考えているのか分からんとじゃろうかね」

稔は小首を傾げて、彼女の疑問に静かに耳を澄ませた。

「他人が不思議でならんとです。毎日大勢の人と会いますばってん、その人たちの心を読み取ることができません。日々すれ違う人たちの気持ちが分かればもっと生きやすか気がするとですが」

「相手の気持ちが分からんからよかとではなかやろかね。みんなの気持ちが分かってしもうたら一々気になってしもうてからおまん方が辛かろう。知らんからこそ人は救わることもあるったい」

稔は倫子の問いかけに驚いた。その疑問はまた自分がずっと幼少の頃から考えてきたことだった。父親として分からないとは答えたくなかった。どんな答えであろうと何かを返さなければならないと稔は考えた。

「ばってん相手の考えてることが分かれば、もっと力になってあげらるるとです」

稔はこの子に前世のことを告げるべきか迷った。

「なあ、おりん」

稔はマオの名が喉許まで出かかった。倫子は大きな瞳を輝かせて稔の顔を覗き込んだ。

「倫子は生まれ変わりを信じるね」

倫子はこくりと頷いた。

「わたしはどげん人の生まれ変わりなんやろか」

「知りたいって思わんかのい」

「……思うばってん、こわか気もする。自分の正体が分かってしもうたら、未来がそこで終わってしまうっちゃなかやろか」

稔は目を細めて倫子を覗き込んだ。

「……過去に囚われて、何もかも過去を参考にせんと決められんようになったら地獄たい。やっぱ知らん方がええ。知らんことで損はせん。知らん方が今を思う存分生きられるっちゃなかやろか」

稔は頷いた。今まで黙っていて良かったと安心した。倫子は不思議そうな顔で稔を見つめた。稔は照れ笑いをして首を左右に振り誤魔化した。

「なんでんなか。おまえはきっと前世でも倫子やったっちゃろな。おりんはおりん以外考えられれんたい」

倫子は笑った。健康的な歯を見せて、心の底から笑っていた。

「わたしも自分が他人やったなんて考えられんもんね。わたしは前世でもわたしやったと思う。いや前世は信じるばってん、今は今の自分だけを見つめて生きるたい」

稔は頷いた。

「おまえは自分が正しいと思うように生きたらよかったい。相手の考えは尊重しながらも、こうだと思う通りにしたらよか。それが倫子に与えられた生きかたったいね」

自分の血を受け継いだ子の中に、魂の輪廻が影響を及ぼしていることの不思議を思った。親とは何ものかに子供を預けられただけに過ぎないのではないか、と稔は時折考えた。自分たちが苦労して子供を育ててきたのだ、などと奢《おご》ってはならない。子供は預けられたに過ぎないのだ。それが血の役目で、子供には血の関係とは別にもう一つ魂の繋がりもあるのだ、と稔は思った。

「おりん、おまえは人んために生きるんがよかやろのい」

稔は微笑む倫子の頭を摩《さす》った。

6

戦後、大野島に新しい墓場が次々出来た。戦争で死んだ若者たちの墓や、敗戦の混迷の中で命が途切れた老人たちの墓である。急に墓が増えたせいで、墓地や寺だけでは間に合わず、島の人々は各一族ごとに田んぼの一部を墓場として整備しなおさなければならなかった。稔はいずれ人が大勢死んだら、島中が墓だらけになってしまうのではないか、と心配した。人は次々に生まれてくるし、それ以上に人は死んでいくのだから、その釣り合いを何とかしなければ、と。

「このままでは、墓がどんどん増えてからくさ、農地が逆に減って無くなるったい。島は限られた土地しか無かもんだけんね。それに見る人んおらんようになった古か墓ほど惨めなもんはなか。なんとか先祖ば纏《まと》めて一つにして納骨堂のようなもんば拵えたなら、土地の問題も解決するし、先祖を疎《おろそ》かにせんでもよかこつになるったい」

共同納骨堂という新しい考え方は関東や関西の一部地域では徐々に広まりをみせてい

た。稔はそのことを知り大野島でも取り入れてはどうかと考え、長老たちの集まりがあるたびに説明をしてきた。しかし筑後川の下流のこの小さな島ではとにかく橋を架けることが何よりの優先課題であり、共同納骨堂についての関心はまだそれほど高くはなかった。

江口家一族の墓地は工作所の西側に面してかなり広くとってあった。家や工場の敷地よりも墓地は広く、この島に人々が入植した頃よりの祖先の墓が林立していた。半分ほどは土葬の墓だった。

一番新しい墓は長四郎の墓で、そこには石太郎、琢磨の骨も入っていた。

稔は朝、工場で仕事をはじめる前に先祖に向かって祈りを欠かさなかった。また仕事が終わったあとも必ず手を合わせた。西日が墓地に注ぎ、墓石群の縁が金色に波うつのは霊魂たちとの交流のようでもあった。

長四郎の墓も年月とともに苔むした。仕事に入る前の時間を利用して、たわしで掃除をした。稔が墓を掃除しているのに気がついたヌエが工場から水の入ったバケツとブラシを持ち出してきた。

「あんまり汚れてるので気になったったたい」

ヌエも手伝った。ここのところ忙しく、墓を気づかう時間がなかった。

「わたしが気がつかなならんかったとに」

ヌエは力一杯墓石を磨きながら、いつか、わたしたちもこうやって並んで墓に入ると やろね、と呟いた。稔はヌエの一生懸命に動かす手の律動を見つめていた。体を伸ばし たりしゃがんだり、丁寧に墓を磨く姿に記憶の芯が震えた。久しく無かった既視感であ った。手を止めてぼんやり眺めていると、どげんしたつね、とヌエの声がかかった。

「いや、こん眺めば前にも見たこっがあったったい」

稔は視線が動かなかった。ヌエは体を起こして、あれね、と告げた。稔は、ああ、と 呟き、

「ばってん、もう消えてしまった。たしかに今瞬間、記憶の光景と一致したと。昔は数 分は続いたとやけど、最近は回数も減ったし、一回がまた短いったい」

と付け足した。

「わたしもここんところ全くなかつよ。昔はしょっちゅうあったっちゃけどね。歳ば重 ぬるごつに、なくなるみたいやね」

「歳取るごとにか」

「そうたい、若かった頃に比べると、ガクンとあの感じが減ったのはなんでやろかの い」

稔は頷いた。確かにある時を境に既視感は減少していた。二十歳前後の頃の、降り注ぐような既視感の連続はもうなかった。

「分からん。死が近いということやろか」

二人はお互いの顔を見つめ合った。長い歳月の積み重ねをお互いの顔から読み取りながら。ヌエの目尻には傷のような曲線の皺があった。それが彼女の顔を誰よりも柔和にしていた。浅黒かった子供の頃のヌエの顔も、今はふくよかな丸みを帯びて優しく輝いていた。

7

稔は人の居なくなった工作所の停滞する空気の中で、鉄の板や固まりや棒を見つめていた。静かな工場の中で、稔は手を伸ばしてそれらに触れてみた。鉄の、私情が混入する隙をまるで許さない硬質さこそが、何もかもが過ぎ去った今という時代の唯一絶対的な基準のように、稔には感じられてならなかった。

稔はしゃがみ込み、鉄の固まりを摑んだ。ほとんどが銃の修理に使っていたものの残りであった。ずっしりと重たく手応えがあった。その重みこそが自分をそこに押し止めている錨《いかり》なのだ。手を放すと、それは飛び立つこともなく鈍く土間に落下して土埃《つちぼこり》を上げた。稔は再びしゃがみ込み、鉄を握った。石に触れた時のような安心感は微塵《みじん》もなかった。固まりだけがそこに存在し、どんどん分子の中心へと吸い込まれていくような隔絶があった。

稔は溶接した鉄を想像した。ねじまがった鉄を、折れた鉄を、歪んだ鉄を、割れた鉄を次々に想像していった。自分にはねじ曲げられない鉄はなかった。それが今後の混迷を生き抜く唯一の希望であることに稔は気がついていた。

8

仕事の無くなった工作所から人々は離れ、息子たちと妻ヌエだけが残った。刀鍛冶に戻るわけにはいかなかったし、同様に鉄砲修理の技術はもう役に立たなかった。何か新しいことをはじめる必要があった。稔は考えた。希望は自分の頭の中にある。これからの時代は自分の能力だけを信じて生きようと心に誓っての再出発であった。

混沌と波瀾《はらん》の中で稔が戦後最初に着手したものはゴザ織機の改良である。一間《いっけん》ほどもある大きなそれは、畳の上敷《うわじき》に使うゴザを織る機械であった。ゴザの耳と呼ばれる、織った藺草《いぐさ》の端のばらつきを綺麗に編み込む技術が稔の発明として実用新案を認められて特許が下りた。改良前の機械はゴザの耳を新たに鋏《はさみ》を使って一つ一つ切りそろえなければならなかった為、農家にとっては手間が掛った。稔の発明したそのゴザ織機は小さな工夫による便利さでもって瞬く間に普及した。

戦後のどさくさと再生へ向けた人々の奮闘のエネルギーの中で、稔は発明や機械の改良に希望を見つけていた。価値観が百八十度変化し、精神的に縋《すが》るものを失った稔にとって、なにもないところから物を生み出すことこそが生の新しい意味に他ならなかった。

敗戦に落ち込んでいる暇などなかった。これから社会に飛び出そうという子供たちの未来まで支えなければならなかった。工作所をなんとか建て直し、再び鉄砲屋時代の栄光を取り戻さなければと稔は子供たちの働く姿を見つめながら自分自身に誓うのだった。

稔はさまざまな機械を考えだして特許を申請したが、ゴザ織機の改良に次いでの成果は小型耕運機の製作だった。それまでにも外国製の大型耕運機は国内でも使用されてはいたが、日本の狭い農地には大きすぎて不向きであった。稔は耕運機の小型化を着想し研究した。発動機を利用し、何台もの試作機ができた。同時期に田植え機械の製作にも着手したが、これは完成には至らなかった。

耕運機の改良はオートバイを作った時の興奮に似ていた。工夫は稔の取り柄だった。

閃《ひらめ》きこそ稔の資質であった。江口式小型耕運機が特許を取得したのは稔が五十歳の誕生日を迎えた日のことである。稔は成人した鉄太と剛志と豊治をあちこちの農協に売り込みに歩かせた。自らも精力的にそれまでの顧客《こきゃく》や知人を回った。その結果肥前地方の農協が、稔の発明した耕運機の利点に着目し、契約を交わすこととなった。

注文は数百台単位に上り、売り上げの見込みは鉄砲屋時代にも経験したことがないほどの数字と規模になった。工作所は再びかつての賑わいを取り戻した。大量の発動機を本州から買い入れ、それが次々に倉庫に積み上げられていった。肥前地区全域の農家に小型耕運機を出荷することになったため、工場は新たに人も数人雇い入れて生産体制を組み直し、連日急ピッチで作業が続けられることとなった。

稔は戦争という薄暗いトンネルを通り越した今、かつてないほどの希望を持っていた。これからは自力で生き抜く時代だと確信していた。才能さえあればどんな人間だろうとどこまでも飛翔《ひしょう》できる時代なのだと気がつき、自らを励ました。

9

夢の中に白い仏がよく立つようになった。疲れ切った夜など仏は見守るように稔の夢の中で彼を包み込み見下ろした。仏が現れた翌朝は働きずくめの肉体と精神が癒され、どこからともなく新しい活力が沸き起こった。

ある時夢の中の仏は緒永久《おとわ》に変身した。緒永久は手を前に組み、顎を引いて稔を見下ろしていた。自分はすっかり老いていたが緒永久の均整のとれた体型や若々しさは昔のままであった。稔は久しぶりに現れた緒永久の記憶に心を激しく揺さぶられた。

「みのるしゃん、やっぱりわたしんこと、忘れてしまいよったね」

稔は夢の中で少年に戻り、かぶりを振って否定した。

「そうやなかったい。おとわしゃんば忘れたこつは一度でんなか」

緒永久は光の中でくすくすと小馬鹿にするように微笑んだ。

「よかとよ、忘れたっちゃ。生きるっちゅうことは、忘却やけんね」

「そげんこつはなかったい」

「生きとっと、忘却していかな、どんどん新しかこつや楽しかこつがおこりよろうが」

「ばってん、忘れたこつはなかよ」

「よかって、無理せんだっちゃ。みのるしゃんが死んでこっちにくるこつになったら、わたしと結婚してくれればそれであいこったい」

稔は返答に困った。緒永久のことは忘れられなかったが、ヌエのことが心を過っていった。緒永久は稔の顔から視線を逸らした。寂しそうな哀れな目だった。

「そっちってどげんかところね」

緒永久は黙っていた。顔を隠し俯《うつむ》いたままだった。

「みんな元気ったいね」

緒永久の声ではなかった。白い仏は長四郎になっていた。懐かしい父親は光の上方から稔を見下ろしていた。逞しかった筋肉は無く、威厳に溢れた顔も無かった。彼の存在だけが浮遊していた。

「みんな？」

「そうたい、石太郎も琢磨も」

「琢磨？」

光は眩しく、稔は目を細めなければならなかった。その果てしない光源の彼方に人々の影が垣間見えた気がした。記憶にある懐かしい姿。どれも見覚えがあった。稔は瞬間に過去を手繰《たぐ》ることができた。しかし過去などいったい何の意味があるというのだろう。失望に追い打ちをかけるように目眩に襲われた。何もかもが光に包まれていった。そうして最後には光の中に沈み込んでいった。光が稔をもすっぽりと包み込むと、稔は決まって現実に打ち上げられて目覚めるのだった。

10

鐵造の死を稔はどこかで予測しており、鐵造が死んだという知らせを聞いた時、稔は、まただ、と瞬間的にため息が零《こぼ》れるように呟いただけで、後は小さな脱力感、というよりも自分だけが取り残されていく焦りに似た暗澹《あんたん》とした気分が心の奥の方から僅かに滲み出てくるだけだった。

しかしその死が自死だと知ったとき、稔はそれまでのどうしようもない免れきれない死とは違い、なぜか、という疑問に襲われた。鐵造の妻君江は当然あるはずの死の、理由が見当たらずに混乱していた。

火葬は清美の手でいつもの通りに行われたが、鐵造の自死は隠され、表向きは病死ということになっていた。ところが狭い島の中のこと、鐵造の死に方を知らない者などいるはずもなかった。だれかれが火葬の最中ずっとその最期を噂していた。納屋で首を吊っていたらしいったいね、どうも夫婦仲がさめよったらしかばい、と興味本位のひそひそ声が参列する人々の間を駆けめぐっていった。

稔はなんども癇癪《かんしゃく》を起こしそうになったが、必死で堪えた。実際鐵造はその通りの死を選んだわけだし、この島の中で噂を抑えることなど出来ることではなかった。

寺から運ばれて来た棺桶は和尚に最後の言葉を振りかけられた後、新しくなった近代的な燃焼炉の中へと入れられた。清美が手順通りに作業をし、火が放たれ、燃焼炉の鉄蓋が閉じられた。それからまもなくのことだった。ごとごとと中で柩《ひつぎ》が動くような音がして鉄蓋が内側から叩かれた。死者が蘇生し燃え盛る炉の中でもがいているにちがいない、と誰もが想像し、参列者の間から叫び声が上がった。清美が慌てて鉄蓋を開くと、中から鐵造の燃える頭部が飛び出してきたから、辺りは騒然となった。あちこちで叫び声が上がり、人々はちりぢりに逃げまどい、田んぼのぬかるみの中を転び回った。腰の抜けた老人たちだけが、燃焼炉の傍でうずくまって、つまらぬ噂をしたと手を合わせては額を地面に押しつけて謝っていた。

頭部大の炎はまもなく人々の真ん中で止まり動かなくなってしまった。稔と清美が恐る恐る駆け寄って確認すると、鐵造の頭と見間違えたのは焼けただれた猫であった。炉の中に猫が入っていたのを気づかずに清美が火を放ったのだ。

稔は振り返った。炉の鉄蓋は開いたまま、中で棺桶がオレンジ色の炎を上げて燃えていた。燃え盛る炎の中に稔は鐵造の腕を見た。熱によって筋肉が収縮をはじめ、棺桶から手が飛び出してしまったに違いなかったが、炎の青白い光で縁取られた指先はまっすぐに伸びきって稔には手招きのように映った。石太郎が溺れた時も、筑後川の水面で手招きをしていた。

11

「ほんなこつはよわか人でした」

その夜、君江は稔の膝に顔を埋めて泣いた。位牌が仏壇の中央で一つの行為を達成した者のゆとりともいえる堂々とした貫禄で立っていた。理由を明かさず死んだ鐵造の気持ちの核心を知りたかった。いったい彼は何に失望して、五十三歳にもなってからの自死をいまさら選んだのだろう。隼人の死の影響は考えられたが、若津の女のせいだとは思いたくなかった。もっと根源的な絶望感が彼を死へと急がせたのだろう。敗戦が彼を追い込んだともどうしても思えない。生活はみんな苦しかったが、船頭は県職員として採用されており、戦後のどさくさの頃でも給料は二十五号俸も出ていて、普通の島民よりはずっと高額であった。

自殺する直前、稔は鐵造と会っていた。長年櫓漕《ろこ》ぎ船だった渡し船がエンジン付きの機械船に変わる、そのお披露目《ひろめ》を兼ねた祝いの日に。鐵造は新しい船を稔に自慢したばかりだったのだ。

「みのるしゃん、見てみんか。機械船はよかろうが。川の水位がどげんあがろうと、水害で流れが酷くなろうとも、もう大丈夫ったい。ぼくは安心して客ば反対岸へ連れていけるったい」

その笑みは少年が新しい玩具を買い与えられて喜んでいるような感じで、自死を選ぶ人間のものではなかった。こんエンジン船ならば有明海の先まで出かけらるったい、と自慢さえしてみせたのだった。

彼もまた大野島に立ちのぼるただ一筋の煙となって現世から旅立った。

夜、稔が不可解さ故《ゆえ》の不満だらけの眠りに落ちると、縁側の戸を叩く者がいた。最初は風の音かと思ったが、それはいつまで経っても鳴りやまず、ヌエも起きだす気配がないので、仕方なく出てみると、玄関脇の庭の老松《おいまつ》の横に鐵造の幽霊が佇んでいた。もっとも実体があるわけではなく、仄《ほの》かに緑がかった光が揺らいでいるだけで、死霊というには頼りない電灯の明かりのようだった。

「成仏でけんとか」

稔は声に出して聞いてみた。青白い気配だけがそこに澱んでいた。自殺をしてみたがどこかで臍《ほぞ》を嚙んでいるような未練がましい雰囲気であった。

「まさか死を後悔しとるっちゃなかやろな」

稔は手を伸ばした。見栄張りの鐵造のこと、思い詰めて死んだはいいが、三途の川を渡る直前になっていつになく早まってしまったことを後悔しているのではないかと感じられてならなかった。

稔はじっと鐵造を見つめた。この島から出奔《しゅっぽん》できない鐵造でいればよかったのだ、と稔は心の中で叫んだ。臆病なままでいたら、そんな顔で現れずとも済んだのに。稔は縁側の突端まで行った。庭が濁流の川になっていた。その真ん中に突き出た石の上で鐵造が行き場を失って立っていた。黄泉《よみ》の国へと行くに行けず立ち往生しているように見えた。

「もうおまえは死んだったい。死は決して負けではなか。負けたっと違うぞ。そこに止まって後悔をする方がいかん。迷わず成仏ばせんね」

死霊は俯いていた。そして何も言わず消えていった。

翌日も、またその翌日も、鐵造の霊魂は稔を訪ねてきた。訪ねてきては黙って庭先に佇んでいた。行き場のない野良犬が優しさを求めて訪ねてくるような感じに似ていた。

昼間、ヌエにそのことを話したが、日中の明るさの中では夜の出来事も昔日《せきじつ》のことのように遠く現実味がなかった。今夜、もしまた来んしゃったら起こしてくれんね、とヌエに念を押されていたが、いくら起こそうとしてもヌエは目覚めなかった。

あまりにも毎晩のように鐵造の霊がやって来るものだから、稔は仕方なく、和尚に相談し霊避《れいよ》けの札を貰うことにした。それを雨戸に貼るとその晩からぴたりと鐵造は現れなくなった。追い返すようで心が引けたが、死者を引き止めるだけの責任を背負うことはできなかった。この世の未練を早く断ち切らせて成仏させないと永遠に浮遊する霊になりかねない、と和尚に言われたことも理由の一つだった。

「いいか、迷わず旅立ったい。おまえはいつまっでんここに残ったらでけん」

稔は雨戸の内側でそう言いつづけた。板戸を挟んでの静かな別れとなった。

日が経つに連れて、なぜ鐵造が自分を訪ねてきたのかが気になりはじめた。何か感情の縺《もつ》れがあったから自殺したわけで、そのことを言いに来たに違いなかったのだ。それをうすうす感づきながらも、無意識にかかわりたくないと思ったのか、追い返してしまったような気がして稔は悩んだ。友を見放したような、あるいは自分が殺してしまったようなそんな罪を感じてならなかった。

有明海に女の腐乱死体が上がったのは鐵造の自死から三週間ほど経ってからのことであった。大川町から刑事が鐵造との関係を調査するために大野島にやって来たことで島は騒然となった。苦しみが薄れていない君江に代わって稔が事件の応対をすることになった。最初警察は鐵造が女を殺して自殺を図ったものと勘繰《かんぐ》っており、それは稔にとっても大きな衝撃となった。島中がその噂で持ちきりになり、鐵造の名誉は暫くの間侵害され続けた。しかし調べが進むうちに両親に宛てた女の遺書が発見され、女の後追い自殺である可能性が高まり、事件はそれ以上の進展をみることなく落着《らくちゃく》となった。

もっとも一応の落着はみたものの、残された家族や島の者たちには心が休まることにはならなかった。なぜ女が五十歳を越えた渡し船の船頭を追いかけて死ななければならなかったのか。若い女に思われて追いかけられるほど鐵造は垢抜けた初老ではなかった。

稔はあの夜のことを思い出していた。遊廓華月の廊下で意味不明の合図を送ってきた鐵造のことを。口許を歪め微笑んでいるようでもあり頷いているようでもあった曖昧な微笑を。勝利者の微笑みとも思い返すことができたし、また破れかぶれに陥った犯罪者の最後の見栄とも勘繰ることができた、あの藪睨《やぶにら》みの笑いを。

「自分がいなくなった後の世界っちゃどげんもんやろかのい」

鐵造の言葉が頭の中で何度も繰り返し思い出されてならなかった。

女が親に宛てた遺書めいた手紙には、鐵造とのことが次のように記《しる》されていた。

……このわたしのおろかな行為はひとりの男の人との出会いに関係がありますが、でもそれはわたしがその人を好きになったというよりも、その人がわたしに投げかけてきた人生の問い掛けに依存することの方が大きいようです。その人は何の変化もない日常にうんざりしていました。わたしはその人のことが好きだったのでしょうか。分かりません。戦争で周りに若い男がいなかったからでしょうか。でも、こうしてあの人のために死を選ぼうとしているのだから、やっぱり好きだったのでしょうね。心中をしようと持ちかけられた時は冗談だとずっと思っていたんです。心中という響きにこの人はただ酔っているだけなんだなと思いました。でもあの人が本当に死んだということを聞いた時、本気だったことを知りました。そんな大それたことができる人だとは思ってもいませんでしたから、驚いたんです。その驚きがわたしのこのような行動の理由に繋がります。わたし、ずっと人生を捨てて生きていました。家出をしてからずっと、わたしはお父さんお母さんには言えない仕事をしていました。その頽廃の生活に見切りをつけて、生まれ変わりに全てを委《ゆだ》ねてみないか、と彼に言われたのです。一緒に死ねば次の人生では夫婦になれるかもしれないなんてどこかで見たに違いないお芝居の丸写しを言っていましたが、でもその単純な彼の無邪気さに心惹かれたのも事実です。親ほども歳の離れた人ですし、野暮ったく、でも目はいつも少年のようなところのある人でした。

お父さんとお母さんにはなんともお詫びのできない酷い裏切りであるのですが、わたしにはどうしてもあの人をひとりで行かせたくなかったのです。あの人の職業は三途の川の船頭です。死者を毎日向こう岸へ送り届ける仕事をしていました。もうその役目は終わったとわたしは打ち明けられたのです。わたしはそんなあの人の悲しそうな絶望した魂をほうっておくことはできませんでした。本気で愛しているのかどうかも分からないような人でしたが、一緒に出かけます。あの人の言うとおり世界が幻ならわたしの死も悲しむ必要はありません。実際、彼が死んだという知らせを聞いたとき、わたしは世界は幻だったと感じました。だからわたしはこのような方法を選んでみたのです。わたしは彼と桟橋で落ち合い、向こう岸へ出かけます。

12

稔は工場の薄暗がりの中にいた。ボール盤と旋盤機械に囲まれ、万力や金具が山積みになった先代から長年変化のない作業台の前に佇んでいた。窓から差し込む光は工場の薄暗い地面を鋭角に切り取り浮上させていた。浮遊する微細なゴミが見えた。それはどこからともなく流れ込んでくる風によって視界の中で優雅に移動していた。

稔は自殺という甘美な響きを口腔で反芻《はんすう》した。その言葉の中に潜む悪と希望を噛みしめた。自殺をする動物は人間だけに違いない、と考えた。なぜ人間だけが自殺をするのだろう。他の動物のように最後の最後まで生き抜こうとせずなぜ生を放棄するのか。何に絶望すると人は死を選ぶことができるのか。稔は鐵造が取った行動の謎を考察した。彼が越えた一線こそ、その善悪はさておき、人間が人間でありえた一つの道だったはずではなかったか、と考え、またそこで苦笑いをせずにはおれなかった。

他人を殺すのとは違い、彼が行った行為は、自分を殺すということだった。自分が自分を殺すとはどういうことだろう。稔は油で汚れた手で自分の喉許を絞める真似をしてから、すっと手を引っ込めた。人間には自殺のできる人間とできない人間とがいるのではないかと思った。

稔は鐵造に死は敗北ではないと言った。そう言い切ることが出来るだろうか、と一旦自問し、それから口許を緩めて苦笑いをした。

13

完成した小型耕運機が増設した倉庫の中に並んでいる光景は壮観であった。金ぴかの耕運機は何列にも並び、工作所の社員たちから笑みは消えなかった。まもなく出荷がはじまり、工作所はかつて鉄砲屋時代にさえ経験したことがないほどの盛況を極めていた。しかしその賑わいも六月に入ってから有明海上空に居すわった暗雲の固まりのせいで、予期しえなかった事態へと発展することになった。

筑後川河口流域は地盤が低平なため、昔から長雨、集中豪雨、台風などの水害に見舞われた。河口周辺は海抜ゼロから三メートルほどの高さしかなく、特に大野島は平均海抜はゼロメートルであった。しかも上流部には年降水量二千から三千ミリに達する阿蘇・久住《くじゅう》山岳地帯を控えているため古来から流域住民には甚大な被害をもたらした。この年、昭和二十八年六月の集中豪雨は千ミリを越え、それは年降水量の五十パーセント強にも及ぶ大雨となった。脆弱《ぜいじゃく》な堤防は決潰し、佐賀平野一帯の田畑は土砂で埋まり、作付けが不能となってしまった。

結局農家から一銭も集金が出来ず、江口工作所は倒産することとなった。それればかりか小型耕運機に取り付けた発動機は名古屋のメーカーのもので、その代金が支払えず、取引先から裁判を起こされてしまった。稔は被告となり島の外にある裁判所に何度となく出かけ、多くの人々に頭を下げ回る羽目となった。なにより稔を困惑させ苦しませたのは意外にも外の人間たちではなく身内の者たちであった。

稔の長兄と次兄は全く稔の助けに応じてはくれなかった。

「どげんでんならんとたい」

二人は口裏を合わせるかのように言い、ただの一銭も貸してはくれなかった。親戚の者たちも同じであった。戦争中、息子を兵隊に取られたくないがために稔のところに預けた島の人々さえも、貧しさのせいで冷たかった。近所の、先祖からの古い付き合いをしている人々までがよそよそしい。もう鉄砲屋は駄目だろう、かかわらないほうがいい、と島中の人々が噂をし、それはヌエや子供たちの耳にも届いていた。ヌエは、家のことは心配せんでいいから、と稔を励まし続けた。ヌエが稔に内緒であちこちの幼なじみから米を借りてきていることは稔も知っていた。家族に恥をかかせている自分に情けなくなるばかりであった。

生活は急に切迫し、食べるものもいよいよなくなった。倉庫には発動機の外された耕運機のフレームだけが堆《うずたか》く取り残された。売れるものは売ってしまったので、工場はがらんとして寂しかった。戦時下鉄砲屋ということで優遇されていた、そのしっぺ返しや、嫉妬を買う結果となってしまった。稔は朝から晩まで金策のために歩き回り、遠く熊本の方まで出かけることもあった。

稔は寝つけず、夜になると精神的な苦しみのために吐気を催した。そんな時は家族に悟られないように家を抜け出し、工場の前の地べたに頭を抱えて寝転がった。ひんやりとした土の上を何度も転がった。冷淡な世界を憎みながらも稔は人をどうしても憎めず、他人にあたることもできず、ますます生き苦しくなっていった。人々の冷たい態度は敗戦のせいなのだと思うようにした。なにもかも、日本人をも変えてしまったのはあの戦争のせいなのだ、と心に言い聞かせることによって。

ふと鐵造の選んだ死について考えを巡らせてみた。今死ねばこの苦痛や背負っている責任から楽になることができる。稔は地面に座りなおし、自分の掌を見つめた。指を曲げてみ、開いてみた。思いどおりに動く肉体を見つめながら自死を選んだら、自分は自由になることができるのではないかと考えた。家族を思った。必死で家を守っているヌエをどれほど裏切ることになるか。自分を信頼している子供たちをどれほど絶望させることになるのか。人生に負けた姿を見せることになるのだ。それも醜い死体となって……

しかし、と稔は考えた。死んでしまえば後のことなどもう関係がなくなってしまうのではあるまいか。生きているあいだだけ家族や社会や責任というものがくっついて回るに過ぎないのだ。生きているからそれらを背負わなければならない。死は全てからの解放、関係の切断である。死ねば、現世のしがらみから自由になることができる。

稔は手を握った。ぐいと力強く握りしめた。血管が浮き出た。歯をくいしばっていっそう握りしめた。激しい憤怒《ふんぬ》が体内を駆けめぐった。発散できずに肉体の内側へと押さえ込んだ怒りが溢れ出てきた。みんな死んでしまった。別れは仕方のないことだが、懐かしさだけがいつだって残る。残った懐かしさはもう戻れない過去ばかりを思い起こさせる。取り戻すことのできない関係ばかりを心に焼き付けていく。稔は涙を流した。まるで子供のように泣いた。呼吸が噎《む》せた。体内深くに仕舞い込んでいた感情が露呈してきた。噴き出しそうになる感情を制御することができない。制御する必要なんてないのだ。誰も見ていない。構わない、泣けばいいのだ。そう思うと稔の押さえつけていた感情は決壊し、稔の顔はくしゃくしゃになって、涙だけが止めどなく流れつづけた。腕の筋肉が攣《つ》るまで稔は手を握りしめ続けた。死ねそうにはなかった。

倫子がそんな父の姿をこっそり見ていた。稔が毎晩寝つかれずに外に抜け出し苦しんでいる様子を倫子は毎夜そっと遠くから見守り続けた。

稔が大野島桟橋の先端に腰掛けて思い詰めたようにその川面をじっと見つめていた時、倫子はたまらず父に駆け寄り声をかけた。

「おとっつぁん」

稔は驚き振り返った。涙を拭《ぬぐ》う暇さえなかった。

「死のうなんて考えたらいかんたい。どうせほっといても人間はいつか死ぬったい。これ以上どん底になることがないなら、恥は一時のもんたい。死んだち思えばなんだっちゃできるばい。家族で頑張ればよかと。おとっつぁんのためにわたしも頑張るけん、負けんで」

倫子に背後から抱きつかれ、その温もりに自分はまた助けられたのだ、と思った。稔は弱気になった自分を恥じた。なんとかせんならん、と稔はもう一度出直しを誓った。

14

ある晩、稔は緒永久の墓の前に立っていた。仄かに青い月光が島の果ての堤防までを優しく浮き上がらせ、温い風が皮膚の火照《ほて》りを休めさせた。

昔したように緒永久の墓標を抱きしめてみた。冷たい石の感触はその硬さとともに稔の腹部を冷やした。自分が墓を抱きしめているところを倫子やヌエやあるいは他の誰かに見られたら、と考えると奇妙な可笑しさに見舞われた。

永遠に時間を止めてしまった少女は失われていく時間の忘却の中でもしっかりと生き残っていた。百年後、二百年後に、いったい誰がこの墓を守るのだろう。五百年後、一千年後にいったい誰がこの島に生きた人々のことを思い出すのだろう、と稔は自問した。

死者とは何か、と稔は考えた。

地上に現れた人間は想像できないほどの数にのぼるはずで、当然全ての人の墓が残っているわけではない。所詮《しよせん》墓なんて一時のものなのだ。緒永久の墓のすぐ隣に黒ずんだまったく手入れのされていない墓があった。緒永久の何代か前の先祖にあたるのだろうが、それが誰でどんな人だったのかを記憶している人はもう島にはいない。記録も位牌の中の名前以外はほとんど何も残っていないだろう。きっとそのうちこの墓も消えてなくなるに違いない。過去の墓が同じような運命を辿ったように、墓を守る人たちがいなくなれば、いずれ消える運命にある。消えてなくなるのは仕方のないことだと稔は思った。全てを残すわけにはいかないのだから、忘却していくものから順番に消していかなければ、世界中はつねに記憶の産物で溢れかえることになる。

稔は緒永久の墓から離れ、その隣の黒ずんだ墓の名前を読もうとした。名字のところには苔がはびこっていて読むことは出来なかった。稔は掌で墓の表面を拭った。凹んだ名前の部分をなぞってみた。稔という字が読めた。同じ名前の人がかつてここにもいたのか、と稔はその人の人生へ思いを馳せた。

稔に快く金を貸したのは清美だけだった。もっとも額は火葬場守の給料の中から捻出《ねんしゅつ》されたもので、とても借金を埋めるには及びもしなかったが、清美の優しさが身に沁みて稔は絶望の中に一縷《いちる》の慰藉《いしゃ》を覚えた。そればかりではなく、清美の妻はこっそり米を稔の家に運んできた。米だけではなく、野菜や餅や時にはどこから手に入れたのか鹿や豚の肉も持ってきた。

「よかじゃん、気にせんだっちゃ」

挨拶に行くと清美は稔にそう告げた。これぐらいしかできんで逆にすまんたい、と謝られた。稔は思わず、周りはみんな冷たくて、と口にしかけたが、清美の横顔は稔の愚痴をも超越して澄んでいた。

数週間後、稔は清美と並んで土手の斜面に座り、彼がさしだす煙草を受け取った。筑後川は穏やかに流れていた。六月の大雨が夢のように川面はもとの輝きを取り戻して、高雅に囀《さえず》っていた鵲が低空でその川面を過っていった。川の中程にあるチンショーと呼ばれる道流堤に鳥は静かに着地すると羽を休めた。

「折角の発明やったんに残念やったったない」

清美は煙草をふかしながら呟いた。

結局、大手の発動機の会社が稔の発明の権利をただ同然で買い上げ、稔はその代金で借金の返済をなんとか終わらせることが出来たのだった。後にそれは国産の人気トラクターとして全国の農家に普及することとなったが、そこに稔の名は残らなかった。

「よかとよ。これも修行のようなもんたい」

「修行って、なんの修行か」

「生きる修行ったい」

「なんかみのるしゃんもいっこうに成長せんね。もっと楽することば考えんと」

「楽な人生なんかなか」

「のんびり生きたらよかったい」

「のんびりなんかでけん。またすぐにあたらしか特許ばとってくさ、鉄砲屋稔ん名を復活させんと」

二人は同時に笑った。笑いながら土手の斜面に寝そべった。

「おっどんらも、もう五十代半ばったいね」

暫くすると清美が言った。稔は、ああ、と呟いた。

「あと何年生きらるっとやろのい」

「三十年くらいは生きたかね」

「無理ばい。体がもたん」

「じゃ、あと二十年ぐらい……」

二人は黙った。太陽が雲の切れ間から出てきた。再び陽光が稔の目を射た。眩しさに耐えられず瞼を閉じた。瞼を通して赤い熱が眼球のすぐ上を移動しているのが感じられた。稔は半身を起こした。血が頭頂から下がっていくのが分かった。同時に眠気に襲われた。

「いつかは死ぬったいね」

稔は頷いた。

「鐵造や隼人は今どげんしとるじゃろかのい。さっさと逝《ゆ》きよってからに」

稔は俯き頭を小さく左右に振った。

新しい船頭が運転する新型の渡し船がチンショーの間をこちらへ向かってやってくる様子が見えた。船は満員だった。二人は無言だった。なのにお互いが今何を思っているのか分かるような気がした。

第六章

1

島の北西部、葦をかき分けて行かなければ辿り着けない島の突端に大昔の土葬の墓場があった。十七世紀に大野島開拓に従事した入植者たちの墓と思われた。チフスなどの伝染病で命を落としたという。

稔は、その墓を時折訪ねては、墓の草むしりをしたり、酒を供えるようになった。周辺の葦を刈り、墓地らしく整備しなおしもした。

一族が死に絶え、誰も守っていないような墓を見つけると、同じように手厚く供養した。小さな島だが、放置され、面倒をみる者のいない寂《さび》れた墓は随所にあった。そういう墓に出会うと、なぜか失った人間たちのことを思い出さずにはいられなかった。

昭和二十九年に大川市制が施行され、大川町、川口、田口、木室《きむろ》、三又《みつまた》、大野島は合併した。村議会議員だった稔はそのまま市会議員となった。大野島に橋を架ける仕事に情熱を傾けながらも、一方で島の為にできることは何か、とつねに大きな責任感を抱きながら生きていた。

ほとんどが海抜ゼロメートルの低地の大野島は、小高い丘などの墓地に適する地所がほとんど無く、一つしかない寺の境内も狭く限りがあった。全国的にも、納骨堂と称する共同墓が昭和三十年ごろを境に各地に建ちはじめており、稔も大野島に共同納骨堂の建立《こんりゅう》を真剣に考えるようになった。

稔が暇を見つけては誰も守らなくなった墓を一人で供養して回っているのを知ると、ヌエも手伝うようになった。そのうち、倫子や悦子もくっついてくるようになり、それはいつの頃からか休日の江口家の行事になっていった。

「なあ、ヌエ。こげんか小さか島で、他人も身内もなかったい」

稔は墓標さえもない墓を掃除しながら、ヌエに告げた。

「この島に縁のある人んなら、なおのこつ、その人たちは遠い親戚のような人たちちったい。いや、もとをただせばみんな同じ祖先やったはずばい。それなのに、こげんさみしか思いばさせてしもうて。人間っちゅうもんの情は生きている間だけったいね」

ヌエは墓を洗いながら頷いた。

「あんたん言うとおりたい。いつかはわたしもあんたも生きてるもんはみんな忘れらるっとやろ」

村人たちは、稔の一家が守る者のいない墓を掃除して歩く姿をよく見かけるようになっていった。誰かが、なしてそげんことばするとや、とからかい半分で声を投げかければ、稔は迷わず、誰だっちゃいつかはこげんかめにあうとぞ、と答えた。

2

小型耕運機の失敗は、稔の目先を陸から海へと転換させることになった。稔が着目したのは、有明海の広大な海洋資源だった。とくに明治時代からはじまった海苔の養殖は有明海周辺の熊本や福岡の重要な地場産業として注目が集まっていた。この地方では戦前、天然採苗が行われていたが、昭和三十三年頃から人工採苗が導入されて一気に海苔養殖産業が広まった。

稔が最初に製作したのは海苔の乾燥機だった。それまでは海苔を乾燥させるのに時間と広い土地が必要だった。摘《つ》んだ海苔を竹簀子《たけみす》に一枚一枚流しながら定着させ、それを天日で干し乾燥させなければならなかった。

稔はドラム缶に似た形の円筒形乾燥機を創りだした。竹簀子に流し込んではりつけた海苔を何枚か纏めて機械の中に吊るし、それをモーターによって回転させた。温風をファンによって中へ送り込み海苔を乾燥させる仕組みである。この機械の導入で天候に左右されることなく海苔を乾燥させることが可能となり、また時間も短縮できた。

機械は出来ても、生産する資本が稔にはなかった。小型耕運機の失敗で銀行から融資はおりなかった。そこで稔は大野島の漁業組合から家屋敷を抵当にいれて資金を調達することにした。失敗したら、無一文どころか先祖が築いた家を手放さなければならなかった。稔にとっても家族にとっても大きな冒険である。

秋の収穫期に向けて、機械の生産が連日連夜続けられた。稔の脳裡に、再びかつての集中豪雨のような天災や、あるいは赤グサレ病などの被害が起こらないかと一抹《いちまつ》の不安が過りもしたが、後戻りは許されなかった。

この頃、稔は乾燥機に続いて、海苔の摘機《つみき》も考案した。それまでは海苔網に付着した海苔を漁師たちは手で一々採取していた。稔の発明した摘機を使用すれば、一気に網を巻き上げながら海苔だけを分別していくことができた。海苔摘機は幅が三メートルほどの機械で、各採取船に一台ずつ取り付けられた。養殖場に着くと漁師たちは網を海から引き上げて摘機に通した。特殊なローラーカッターが、機械に網を通すことによって海苔を自動的に採取していく仕組みだった。

海苔の採取時期は、寒くなる十一月頃から年明けの一月末までがピークだった。手で一々摘んでいた頃は感覚が無くなるほど凍えた。江口式海苔摘機は漁師たちの苦労を軽減させ好評を得た。

漁期になると有明艦隊と呼ばれる数百隻の海苔船が一斉に海を目指して筑後川を南下した。漁師たちは船の舳先《へさき》に立って勇猛に海と対峙した。耳を圧迫し続ける轟音を上げ、白波を蹴って進む壮観な漁船群の雄姿はこの地の人々の誇りでもあった。

稔は漁業組合の船に乗って漁場を視察した。だだっぴろい有明海をうめ尽くす海苔船の大群は稔の心を久しぶりに晴れさせた。稔も漁師たちのように船の舳先に立ち、海の風を顔面に受け止めた。潮風が肺に染みた。

稔は遥か彼方まで光り輝く広大な海を見つめながら、生きているという実感とはこういうものか、と思った。早死にした隼人や鐵造のことを思い、彼らの分まで生きてやるのだと己《おのれ》に言い聞かせた。

まもなく海苔網を張った支柱竹が海面に垂直に刺さっている海域に到達すると、有明艦隊のエンジン音が低く共鳴しあってそれは動物の群れがお互いの意思を鼓舞しあうような唸り声にも似た高まりをみせた。それぞれの作業位置に着くとまもなく唸り声はひとつひとつ停止し、眠るように海面の上でおとなしくなった。

「えぐっつぁん、よかもんば作ってくれなはった」

一緒に乗り込んでいた漁業組合長が、大声で叫んだ。稔は頷きながらも、漁師たちが摘機を使って上手に海苔網を巻き上げているのをしみじみと眺めた。太陽がまっすぐに海面を浮き立たせていた。

「生きとる」

稔はこっそり呟いてみた。自分の掌を広げてまじまじと見つめた。握りしめると、漲《みなぎ》る力が掌の奥底から滲み出てくるのを感じた。

3

金子の黒目は左右それぞれ違う方へ動いている。いつの頃からか微妙に別々の方角をさまようようになった。老化による斜視だったが、稔には金子が長年現実と過去とを同時に見すぎたせいにも思えた。

金子は寝たきりが続いていた。回復することはないだろうと医者に言われていた。踝《かかと》が弱って一人で歩行することはできなかった。稔が仕事の空いた時など顔を見せると、待ち構えていたかのように枕許に座らせ喋り続けた。相変わらず金子の時間軸は狂ったままで、話はあちこちの年代へと飛んでは脱線し、向かい合うには忍耐と愛情が必要だった。

「お父さんはどげんしとる。まだ居間のほうにおらすね」

稔は金子が言うお父さんが誰のことか、まず探さなければならなかった。

「どのとっちゃんのことかのい」

「なんば言いよっとね、あんたん父親のことくさ」

稔は、母が語りかけているのが自分ではなくて長四郎であることを察した。父というのは稔の祖父にあたる江口右ヱ門のことのようだった。右ヱ門は稔が物心がつく前に病気で他界しており立派な石で出来た墓が家裏にあったが、どんな人物だったかは稔には分からなかった。金子は口許を窄めて部屋の隅の辺りをじっと睨《ね》めつけていた。

「お父さんはじいさんが不意に亡くなられてすっかり気が塞《ふさ》いどらしたろうが」

じいさんというのは長四郎の祖父のことに違いない、と稔は思った。江口家はもともとは島に一番最初に入植した地侍だったが、開拓が完了してからは鍛冶屋となった。刀鍛冶だけではやってはいけず、鍬や鎌も作っていた。中でも腕がよかった長四郎の祖父は立花の殿様に気にいられ、生涯刀工として立花藩に仕えた、と聞いたことがあった。

「徳之助じいさんは居間の火鉢ん前が好きやったろうが。あん火鉢ば見るとじいさんのこつば思い出すたい。いつでんあの前におってくさ、あつか茶ば啜《すす》りよったろうもん。立派な人やったけん、右ヱ門しゃんがあげん落ち込むんも無理はなか。ばってんいまさら落ち込んでもっちゅう気はするばってんね」

金子はそこで鼻を啜り、そらみたことかという顔をしてみせた。

「だっでん相手にせんごつなったけんうちがよお声ばかけたとじゃん。じいさん機嫌はいかがですかち。じいさんは口数ん少なか人やったばってん、誰よりもやさしか人やったばい。うちがここに嫁いできた時に優しく見守ってくれたんは、徳之助じいさんだけやったばい。うちが姑《しゅうとめ》にいじめられよった時にもそっと救いの手ば差し伸べてくださったんは。それだけに一人で誰からも相手にされんで寂しそうにしとるじいさんば見るんは忍びのうてのい。あげん立派な人でんこげんさみしか老後がまっとるとやなあち思ったったい。歳を取るっちゅうこつはなさけんなかばい。自分がそうされたらち思うと……」

金子は膝の辺りを押さえて揉みはじめた。稔が、痛かとか、と聞くと嘆息をこぼしながら、いいんや、と首を左右に振った。

「いつだったかじいさんに聞いたこつがあったとよ。じいさんは本当はイチメばあさんをおかっつぁんにする気はなかったたち。他に好いとった女子がいたらしかよ。ばってんそん人は若くして死になさったとじゃん」

「なんで死になさったとね」

稔は緒永久のことを思い出して聞いてみた。金子は思い出そうと小首を傾げ、眉間に皺を寄せた。しばらく記憶を反芻していた。

「自殺したって聞いたばい」

確信を持ってそう強く答えた。金子の右目は左目とは全く違う場所を見つめていた。稔は両方の目が追いかけているものが金子の中でいったいどんな風に見えているのか気になった。

「筑後川に身投げなさったとたい」

「なんで」

「さあ、分からん。狭か島のことやけん、いろいろあったとじゃろ。どげんもこげんもでけん時があるもんね。知らんほうが幸せなこともあるったい。なんも知らんほうがよかと。男は一生男、女子は一生女子ばい。じいさんは時々思い出しとらすとよ、そん人んこつば」

稔は緒永久と交わした口づけの感触を思い出していた。火鉢の前で過去を大切に持って生きた先祖の恋心を愛《かな》しく想像しながら。

「疲れたけん、すこし休むったい」

金子はそう言うと目を閉じた。稔は布団を肩まで掛け直してから部屋を出ようとした。

「おりんは今日はうちにおらすとか」

稔が振り返ると、金子の二つの目は稔にピントを合わせていた。

「なんでや」

「すこし散歩に出たかとよ。あん子がおまん子供らの中で一番頼りになるっちゃん」

金子は今の時代に戻ってきた。瞬きを数度して深いため息を漏らした。

「分かったったい。今呼んで来るけん待っとかんね」

稔がそう告げると、慌てて金子は稔を呼び止めた。

「石太郎もついでに呼んできてくれんかのい。草履を隠した場所を今日こそ白状させせなならんけん」

4

倫子は女らしさを増し、村でもその器量と明るい性格は評判となって、いつの頃からか月姫とあだ名される倫子の顔を見に島の大勢の若い男たちが家にやって来るようになった。なにより優しい子だった。身寄りのない老人の家を休日に訪れては、自分の身内のように懇切に看病や世話をしはじめた。その献身的な精神は誰からも愛され、また弁論術の巧みさも加えて彼女は事あるごとに祝い事や祭りなどに駆り出され人前で闊達《かったつ》な話術を披露し拍手を浴びた。

男たちは大勢やっては来たが、結婚を申し込む勇気のある者はいなかった。誰もが憧れたが、倫子には島の普通の青年たちがおいそれと近づくことのできない華《はな》があった。稔は倫子には自由な結婚をさせたいと常々思っていた。島の長年の風習である親同士が決める婚姻には反対であった。自力で相手を見つけ出して本当に誰からも何ものからも支配されない愛を築いてほしいと願っていたのだった。

家の前に集まる男たちの中に倫子に愛を告白することのできる男はいないものかと彼らの顔を見るのが稔の小さな楽しみでもあった。しかしほとんどは野次馬的な気の弱い村の青年ばかりで稔の顔を見ただけで逃げ出す始末であった。その為、倫子はいつまでも一人であった。もっとも回りの焦燥を余所に、彼女はほかの女たちのように結婚を急ぐこともなく、むしろ老人の介護に忙しくしていた。

「なさけんなか」

稔はそんな青年たちを見ては嘆息を漏らした。

しかし稔のそんな心配を余所に、倫子は福岡市で開かれた社会人のための弁論研究会と称された集まりで、大川出身の青年と出会い恋に落ちた。東京の大学を出て、小説家を志すその若者は色白で小柄で稔が心に描いていた野性的で逞しい夫像からはまったく程遠かった。ましてや小説などというもので生計を立てようという現実味のない感覚が理解できなかった。初めて向かい合った時の青年の印象は実に生意気で言葉数の多い男だった。

「自分は物書きになって世の中をもっと自由な気分に変えてみたかとです」

稔にはまるで理解の出来ない考え方だったが、倫子が選んだ男なのだ、と自分に言い聞かせるのだった。

「君の言うそん自由ってなんな」

青年はまるで議論を待っていたといわんばかりの笑みを口許に湛えて喉を鳴らした。

「さあ、日本はもっと開かれんといかんです。新しい人が気兼ねなく新しいことに挑戦できるようにならんと。自分は小説で人の心へもぐり込み新しか気風をそこへ注ぎ込もうち考えとっとです」

稔は倫子を見た。倫子は青年を笑顔で見つめていた。そこには稔が想像する以上の信頼関係が溢れていた。自分によく懐《なつ》いていた少女が成長をして異性を見つけ出してきたのだ。父親としての仄かな嫉妬はあったが反対などできるわけがなかった。稔は信じることにした。心の優しい倫子が選んだということだけを評価しようと思った。それがこの青年が言う新しい気風というものかもしれないともう一度自分自身に言い聞かせて。

5

稔は鉄板にボール盤で穴を開けながら、自分の手の甲を走る無数の皺を見つめていた。金属をこじ開けるドリルの耳障りな音を聞き取りながら、稔の眼球は流れていく時間の速さを捕らえようと微動し続けた。稔は機械を止め、自分の手を見つめた。油で汚れた手を握りしめてみた。つい昨日まで自分は少年だった、と稔は思った。それがいつのまにか時間が過ぎてしまい、老人になりかけている。
稔は作業を一時中断して工場の外へ出た。眩しく目を細めなければならなかった。用水路沿いの畦道をゆっくりと歩いた。さわやかな風が稔の頰を浚《さら》った。目の前には土手まで続く田んぼが広がっていた。見慣れた光景であった。自分が生まれてから六十年ほどが過ぎているというのに、大きな景色の変化はなかった。揺れる稲穂も、空を行く雲も、あの監視者のような太陽も、昔のままだった。なのに生物だけがどんどん時間を吸い取って老いていった。金子のように頭が惚けて、分からなくなっていく。生まれては死んでいく人間のことを考えた。島は大きくもならず小さくもならず相変わらず昔のままなのに人だけが湧き出ては枯れていった。

いったい自分とは何か、と稔は思った。なんの必要があってここに生まれ、こうやって生死を考察しなければならないのか、と思った。この疑念は、死ぬまでに解かなければならないクイズのようなものだと考えるとおかしさがこみ上げてきた。

鵲が稔の頭上を過っていった。白と黒の雄々しい姿を稔は暫く眺めていた。

この生涯続く疑問こそが存在の理由ではないか、と気がついた。絶対に見つからない答え。決してたどり着くことのできない真理。どんなに悩んでも安心を得ることのできない納得。つまり答えなど最初からないのだった。何故だろうと疑問を抱きつづけることが生そのものなのではないか。

丁度その時、稔は瞬きを続けて数回した。なぜ瞬きをしたのかとこれまでにも何度か持った疑問が浮かんで、稔は目許に慌てて触れてみた。これは、子供のころからずっと自分が捕らえられていた疑問だったことを思い出した。そしてふいに瞬きに慎重になった。瞬くことを躊躇《ちゅうちょ》してみた。目が乾いて苦しくなった。苦しさの果てに何があるのか、と稔は考えながら堪えた。瞬きをしないと目は潰れるだろうか。いや瞬きをしなければ世界は崩壊してしまうだろうか、と思った。稔は声を漏らした。自分がいつもこうして何かを思って生きてきたことへの感嘆であった。思ったことが自分を動かしているのだ、と気がついてしまった。その瞬間思わず稔はもう一度瞬きをしてしまった。何かが変化したのはその瞬間だと稔は断定した。そう思ったというよりも、強くそう確信した。瞬きこそが人間を死へと導く陰謀の合図だった。瞬きをするその瞬間に世界は変化していた。その時、世界には気がつかないほどの小さな小さな改良が行われているのだ。

稔はもう一度今度は真剣に瞬きを我慢した。我慢することで何者かに反抗していることを知った。自殺よりも危険の少ない反逆だった。こうして何者かの改良を阻止しているのだと悦《よろこ》びを覚えた。稔は心の中で勝利に沸いた。世界の仕組みを摑んだ気がしたのだった。尻尾をやっとつかまえることができた。

稔は瞬きを堪えた。この一瞬こそが稔に疑問を抱かせる根本の理由だったのだと。神様と呼ぶこともできる何者かはいったいこの人間の反乱にどう戸惑っているだろうか、と考えた。そして稔はまた失望した。考えた自分を考えさせているものが何か、を考えたからだ。自分に瞬きを我慢させ、瞬きこそが生の仕組みを明かす鍵だと教えている何者かに稔はどうしようもなく打ちのめされ、またしても気持ちが萎え、稔は思いっきり目を瞑《つむ》ってしまったのだった。その時また世界は動いたような気がした。稔は目を凝らし、視界が一秒前とどれほど違っているのかを見極めようとした。しかし僅かな油断は稔にまた瞬きを繰り返させてしまうのだった。どんなに用心をしても瞬きを止めることはできなかった。

死者にならない限り瞬きは止まらないのだ。稔はやはりそうだったのか、と考えた。死者は疑問を持たない。疑問を持たないから瞬きをしないことになる。瞬きをしないからつまりは死者は生きてはいないのだった。

稔は、それから何度も出来うる限りのスピードで瞬きをした。最後は強く目を瞑った。眉間を凝らし顔中をくしゃくしゃにして瞼を閉じ続けた。全身の力が眉間に集中しそれはまもなく頭頂から空へと抜けていった。

昭和三十四年に海苔乾燥機、海苔摘機と次々に特許が下りた。工作所はかつて経験したことがないほどの景気に沸いた。当初は福岡県の漁業組合だけにおろしていたそれらの機械に、熊本県や佐賀県からも依頼が来るようになり、それはまもなく愛知県や東京など全国の海苔養殖の漁師たちへと普及していくことになった。

同じ年、倫子が東京で子供を宿した。

稔は渡し船に乗って戻って来た自分の娘を桟橋まで出迎えた。エンジン船の先頭に孫を抱えた倫子の姿を見たとき、稔は自然に涙を流した。かつて四男が水死した時に見せて以来の涙でもあった。倫子の隣には新郎の幸一郎が立っていた。文筆家としてはまだ生計を立てることが出来ず、生意気な青年は世の中の厳しさをまともに受けながら昼は新聞社で働き、夜中にこっそり小説を書いていた。倫子も働きに出ていた。女が家の仕事だけではなく、外で働くということは島ではまだまだ考えることが出来ないことだった。しかし稔はその新しい家族のあり方に、自分の血がたどり着いた一つの新しい島を見たような気がした。

6

稔の息子たちは力を合わせて江口工作所を守った。次男剛志は稔の跡を継ぎ発明家の道を進み、海苔の乾燥機を大型化、全自動化させることに貢献した。三男豊治はその物腰の柔らかさと倫子ばりの弁術とによって工作所の営業を一手に引き受け、江口工作所を中部九州で最大の工作会社へと広げる貢献をした。長男鉄太はその誠実さと実直さとでもって兄弟をよく纏め、稔を支え、また工場を実質的によく仕切り、すぐれた熟練工たちの信頼を得た。江口工作所の躍進はこの三人の精力的な協力があってこそ導かれた。

行動的な息子たちはよく働いたが、一方で孫作りも旺盛だった。年々新しい子が生まれ江口家は増殖し賑わった。結婚し家族が生まれるたびに、次男、三男と、手狭になった本家より分家し独立していった。稔は子供たちに土地を分け与え、そこに新しい家を建てさせた。

六十一歳を迎えた稔は薄暗い居間の火鉢の前に座っていた。火鉢の前こそが稔の定位置であった。火を起こすのはヌエの仕事だった。朝、まだ太陽が登る前にヌエは一旦起き、火鉢に火を起こしてからまた眠った。長男に嫁が嫁いできたとき、自分がやりますけん、と嫁が進言したが、ヌエはわたしの大切な役割だからと断った。冬の寒い日の火起こしは身に染みた。しかしヌエは夏を除く毎朝、一番鳥の鳴き声で起き、居間を温める役目を率先して務めた。

稔は火鉢の前に座り、お茶を淹《い》れた。熱く沸かした湯で淹れた朝の一杯が稔の一日の活力源であった。その熱い茶を冷まそうとせず少しずつ啜りながら火鉢にあたって思考し続けた。

稔は思考しながら瞬きを繰り返した。なんの躊躇もなく瞬きをした。世界がその瞬間に変化するのなら、神様によって改良された箇所を見つけてみせる、と目を凝らし続けて。しかしその決意も次第に日々の瑣末《さまつ》な行いの中に埋もれて薄れていった。稔は歳を取りすぎていた。注意は怠らなかったが、集中する体力が少しずつ衰えていた。

稔はじっと焼けた炭を見つめた。薄暗い室内でそこだけが赤々と燃え盛っていた。人間もそういう時期がある、と稔は思った。しかしその時期はやがて過ぎ、いつか火の消えた炭のように燃えかすになる時が来るのだ。それはどんな人間にも必ず来る。生きているものには平等にやってくる。

稔は冷めていく茶をもう一度啜った。冷えきった茶に熱い湯を少し注いでから、両手でしっかりと茶碗を摑み直し、さらにもう一度啜った。食道を流れ落ちる熱湯を感じながらそれがまもなく胃袋に達するのを稔は味わった。熱を感じることの出来る自分は今生きているのだと稔はひとり言を呟いた。

料理場の方から女たちが食事の用意をする音が届いた。笑い声も聞こえてきた。大勢が食卓を囲み、みそ汁を啜る音がした。次男三男が近所にそれぞれ家を構えた後も、朝食時には稔の元に集まり、一族の和を尊重し続けた。

食事が済むと子供たちはそれぞれ支度をして、一旦稔の元へ顔を出し、今日一日の主な仕事の内容を説明した。稔は大抵彼らの意見や提言に頷き、それから細かく指示を出したが、時に息子たちは父親とは違ったやり方を用意しており、任せてもらえませんか、と迫った。そんな時稔は彼らに未来を託し、よかったい、と素直に応えた。

次男剛志は特に、時代はステンレスへの変換の時期にきていると強く稔に提言した。いつまでも鉄の時代ではない。錆びにくいステンレスへとどこよりも早く変換することが、江口工作所の命運を分けることになる、と力説した。ステンレスか、と稔は心の中で思った。あんなものに時代が奪われていくのか。鉄は錆びるからよかったい、と心の中で呟いたが、それを息子たちの前で言葉にすることはなかった。

稔の発明した海苔の摘機はそんな時代の要求に合わせて少しずつ改良が加えられ、鉄からステンレスへと変化していった。工場はますます拡大し、佐賀市内に本社工場、大川市新田に新工場、大牟田に修理工場を次々に建てていった。

工場があちこちに出来、職員が増えた今も、稔は大野島のもともとの古びた工場から滅多に出ることはなかった。相変わらず島の中で油に塗《まみ》れた作業着を着て、サンダルをつっかけて仕事をしていた。

7

稔は午後になると、家の前にある昔は長四郎の鍛冶屋だった小さな工場に出かけ、一人でボール盤や旋盤機械をいじくったり、図面を引いたりした。稔は前年より次男剛志の発案による菊を花の大きさごとに選別して束ねていく機械の製作に取りかかっていた。暗い工場の中で鉄と向き合っていると、自分が六十を越えてしまっていることが信じられなかった。工作所がどんなに大きくなっても、大野島の工場は稔にとって原点であった。

そこには沢山の思い出があった。年代物の工場の隅には、よく父や母と動かした鞴《ふいご》が当時のまま放置されていた。金敷きや万力や旧型の切断機械が置いてあった。多くの発明や製品改良をしたのもこの金物臭い工場だった。

稔に係わった人々の面影がまだそこかしこにたゆたっていた。父長四郎の面影が一番残っていた。稔は工場に足を踏み入れるたびに、その油の染みた父そのものの面影とでも言える工場の匂いを肺の奥深く吸い込み、壁に飾ってある父が作った刀を写真の代わりに拝んだ。長四郎に指示を受けて鍛冶屋の仕事を習っているような錯覚さえ起こることがあった。

時々、長四郎が工場の暗がりにいて、なんばしとるか、と叱った。稔は時間を越え、暗がりの中に逞しい父親の威厳ある肉体の撓《しな》りを見るのだった。父の横には母金子もいた。まだ生きているのにまるで死人のような母の情念がそこにあった。息子を失って心が塞いでいた頃の弱々しい母だった。彼らは大抵無口に仕事をしていた。石太郎も顔を出した。自分がとうに六十を越えているというのに、兄はまだ子供のままであった。

「みのるしゃん、どげんしとる。元気な」

稔はじっと兄の亡霊を眺めた。記憶は兄の残骸をかき集めるのだが、それは曖昧でぼやけた印象のものでしかなかった。しかし石太郎の亡霊はまもなく息子の琢磨へと変わった。母金子はそんな石太郎をじっと眺めて轌の前にうずくまって涙を流していた。父長四郎の顔は闇の中に埋もれて認識はできなかった。

軍服を着た隼人も工場の入口に立っていた。軍帽の鍔《つば》によってその鋭い眼差しは定かではなかったが、若く凜々しい兵隊のままであった。隼人の背後にはシベリアで死んだ大勢の日本兵たちが背筋を伸ばして立っていた。懐かしい顔もあったが、彼らはどれも眼球が無かった。その部分がすっぽりとえぐられた軍人の群れが工場の闇の彼方までどこまでも続いており、彼らはまもなく機械仕掛けの玩具のように足踏みをしはじめた。みんな誰もが、前へ進め、と号令をかけられるのを待っていた。

稔は立ち上がり敬礼をしようとしたが、工場の梁《はり》にロープをかけ首を吊っている鐵造の脱力した姿が見えた。眼球だけが青白く稔を見つめ、死んだ魚の目のようにどんよりと腐りかけていた。

「みのるしゃん……」

哀れな声が稔に届いた。稔は腰を浮かせながら立ち上がると、鐵造に手を差し伸べようとした。しかしその時、背後からもうひとつの声が稔を引き止めた。

「みのるしゃん、はよこっちへこんね」

振り返ると、緒永久だった。手を広げ、その肉体はいまや消えかけており、僅かに判別できる顔は泣いているような微笑みであった。

8

稔が骨仏の建立《こんりゅう》を思い立ったのはその晩のことであった。

眠れず、ヌエの横顔を見つめながら朝まで死者たちのことを考えていた。またみんなと会うことができるのだろうか。それとももう二度と会うことはないだろうか。

ヌエの横顔には死者たちの意思が宿っているような荘厳《そうごん》さが漂っていた。ヌエもいつか自分の前から姿を消すことになるはずだ、と稔は考えた。人間は別れから自由になることはないのか。稔はそっとヌエの手を握りしめた。目頭《めがしら》が熱くなるのを覚えた。耄碌《もうろく》したのか、と涙を流している自分に呆れながら、再び考えた。

過去に生きた人も未来に生きる人もみんな一つになることができるなら、それほど人間らしいことはないのではないか、と稔は思った。苦しみも喜びも超越して混ざり合い、最初へと回帰していくことができるなら、それこそ人間の幸福ではないか、と考えた。

稔は島に眠る人々の墓を掘り起こし、その骨をかき集め、粉にし練って、仏像を作ることを思いついた。その瞬間これまで考えては悩んでいた死に対する迷いが消えた。共同納骨堂の中に骨壺を集めるのではなく、島民の全ての骨で一体の仏を拵《こしら》える。稔はその突拍子もない考えに最初思わず笑いを漏らしたが、次第に頭の中にはその像が確固と出来上がっては凜々しくそそり立っていき、ついには稔を身震いさせた。

稔は骨仏像のことを考えて結局朝まで眠ることが出来なかった。そんなことが可能だろうか。しかしもし実現できるなら、命は先祖とも一体となり、みんなと別れることがなく、後世でもまためぐり合うことができるかもしれない。仏になることができるなら、島の未来の人々にも忘れられることはないだろう。

来世での再会を誓い合う仏。島が在るかぎり、誰からも忘れ去られることのない墓。子孫たちと先祖との交信の場。大野島でめぐり合った縁を大切にする記念の碑。過去と一体になる未来……

布団の中で稔の想像は次々と飛躍し興奮した。次第に夜が明けていくのが分かった。雨戸の向こうで、世界が目覚めはじめているのが分かった。鴨《かも》の群れの鳴き声が微かに届いた。気の早い鶏が島の果てで鳴いていた。

稔の頭の中にはすでに一体の骨で出来た大きな仏像があった。稔はそれを隣で眠るヌエに語りたくて仕方がなかった。ヌエの顔に襖《ふすま》越しに差し込む光がほんのりと揺らいでいた。ヌエの横顔を見つめながら、いつかは自分たちも別れなければならないのだ、と考えた。また次の世界でも会いたい、と稔は思った。静寂が稔の心に静かに降り注いでいた。

じっと見つめていたヌエが突然起きだし、稔を驚かせた。まるで死者が蘇るような瞬間であった。ヌエは稔には気づかず、機械的に起き上がると居間に消えた。火鉢に火を起こしているのだった。半分眠りながらも器用に火を起こすヌエの後ろ姿はまさに仏そのものだった。

暫くするとヌエはまた戻ってきて、それが半分目を瞑ったままの、まるで夢遊病の患者のような足取りで布団にもぐり込んだ。

「ヌエ」

稔は低く声をかけた。返事は無かった。

稔は暫く迷ってから上体を起こしてみた。布団を抜け出すと、白みはじめた外に出た。季節は秋で、外はまだ寒かった。

陽《ひ》は弱かったが、闇を遠方より駆逐しはじめていた。稔は数度深呼吸してから朝靄《あさもや》の中を工場へと向かった。油や切り刻まれた鉄の匂いが満ちた工場の空気を嗅ぎながら、稔は物置深くに隠しておいた三八銃を引っ張りだした。布にくるまれた銃は終戦後、早津江川に銃器を処分したとき、どうしても捨てることができなくてこっそり手許に残した一丁だった。稔はそれを担いで葦原へと向かった。

稔は葦原を越えて土手を登った。まだ辺りは薄暗く、なんの気配もなかった。座り込み銃を取り出し、オイルを塗りながら一度それを丁寧に点検した。ずしりと重みが走った。引き金を引いてみた。かちっと乾いた音がし、まだそれが当時のままの状態であることを確認した。

稔は残っていた弾丸を込めた。それから今度は寝そべり、川面に銃を向けた。鉄の感触が心地よかった。固い鉄の表面に触るほど、自分がまだ生きていることを実感することができた。実感が欲しかった。もっと生きている実感が欲しいと思った。

柔らかい肉や、温かい血の感触が頭の中にイメージされた。稔は銃を構え直すと、流れる川面に狙いを定めた。大勢の人間の命を奪った銃を構えながら、稔は同時に失われていった人々の魂のことを考えていた。人を殺した人間にしか分からない痛みがある。稔はそう考えると、シベリアで殺害した青年のことが思い出された。南無阿弥陀仏、と念じながら引き金を引いた。破裂音が一帯にこだまし、稔は目を瞑った。この瞬間世界が大きく変化したに違いなかった。油断して目を長く瞑ってしまったのを後悔したが、ゆっくりと瞼を開くと視界が確かに空の果てより緩《ゆる》やかに差し込む陽光によって蹴散らされようとしていた。神様はどこに何を仕掛けたのだろう、と稔は用心した。世界中の眠りを引き裂いたのではないかと思うほどの音だった。周辺でまだ眠っていた野鳥を目覚めさせ羽ばたかせた。

稔は瞬きをしてから続けて引き金を引き続けた。火薬の匂いが鼻孔をくすぐった。弾が無くなると稔は起き上がり、鼓動する心臓が落ちつく間もなく土手を一気に駆け降り、栈橋まで行くと、そのまま持っていた銃を筑後川の水面に目がけて力の限り投げ捨てた。

9

稔はその日より骨仏像の制作に向け、研究を開始した。まず新田の精肉店へ出かけ、豚の骨を大量に分けてもらい、それを工場へ持ち帰り、実際に金鎚や鋸を使って粉砕してみた。ある程度細かくなった骨を木槌で何度も叩き潰してみたが、この方法だと粒目が荒く、しかも時間があまりにもかかりすぎた。

様子を見にきたヌエは骨に囲まれて作業をする稔に声を失った。これほど大量の骨を見たことはなかった。そのグロテスクな光景に暫く言葉が続かなかった。

一呼吸置いて、なんばしよっと、と声をかけた。稔は額から汗を滴《したた》らせながら、こんで仏ば作りよっとじゃあん、と応えた。

稔は島の全ての墓を掘り起こしその骨で、一体の仏を拵えることを思い立ったのだ、と説明した。ヌエは目を丸くし、稔の周囲に転がる豚の骨をただ眺め続けるのだった。

稔が単なる思いつきで行動するような男でないことは誰よりもヌエが一番知っていた。稔の横に座り、暫く自分なりに骨仏像について考えてもみた。しかし何度冷静に考えてみてもそれはあまりに途方もない考えで、ヌエは慎重にならざるをえなかった。

「共同納骨堂ってくさ、骨壺に納めて並べて置いておくだけでは駄目なんやろかのい」

稔は頷いた。

「それでもよかったい。ばってんこん島にふさわしか納骨堂にするのがわれら今を生きる者の役目やなかろうか。島民が胸をはって自分たちの先祖ば供養することができる方法を考え出さんとならんとやなかか。そして絶対に忘れさられることのない納骨堂でなきゃならんたい。みんなの骨と魂が一緒になるっちゃけんね」

稔は手を休めずに作業を続けた。ヌエは墓を掘り起こし、骨をかき集め、またそれを粉々にして仏を作るということが、いったいどんなことかと考えては、背骨の芯より身震いを覚えた。

「ばってん、みんなが一緒になるっちゅうんは、よかこつやとは一方で思うばってん、同時に恐ろしか感じもせんではなかったい」

ヌエは稔の顔色を窺いながらも、自分の正直な感想を述べてみた。自分の死後骨が他人の骨と混ざり合うことがいったいどんなことか、ヌエは想像してはなんとも言い表すことのできない気分に襲われたからであった。

「なんがおそろしかな。みんな同じ島で生きてきた者どうしったい。先祖だって仲良しやったはずばい。それに人間はみんな元は同じところからはじまっとろうが」

「ばってん、こげんか小さか島でも、人間はみんなそれぞれ思惑や立場や、自分だけはあいつとは違うっちゅう誇りがあるったい。そげん人々を同じ仏にしてしまうっちゃ本当にできっとやろかのい」

稔は頷き微笑んだ。

「金持ちだろうが貧乏人だろうが、立派な墓を持っていようが、永久に地上に墓を残すことはできんたい。いつかはあん葦原の無縁仏のように忘れられるったい。ほとんどの墓が実際忘れられよろうが。だれも参ることのなか墓ほど悲しかもんはないったい。先祖を一つにしておけば、島がなくならん限り、島民は絶対に祖先のことば忘れるこつはなか」

稔の言葉にヌエは頷いたが、不安が払拭《ふっしょく》されたわけではなかった。ほんとうにそんなことができるのだろうか、と周りに積み上げられた豚の骨の山を見つめて思いを飲み込んだ。

10

「一番大切なこつはな、みんなが一体となることったい」

稔はすぐに清美にも相談した。

「よかアイデアたい。島中の骨を集めればそれは大きな仏像ができるやろのい」

「ああ、そうとう大きなもんができるったい」

「みんなが先祖を大切にして、死を尊いものと考えるようになるやろのい」

「そおったい。骨仏が島のシンボルになれば、人々は先祖をもっと敬《うやま》うようになるったい」

「よかこつばい」

「ああ、みんな一緒ったい」

二人は歯をみせて笑いあった。稔は子供のころ、清美の家の納屋で少女の水死体を見たときのことを思い出していた。腐敗が始まっていたのにまだ綺麗な死体だった。その子の死体は清美の父親の手で火葬された。遺骨を両親が取りにくることはなかった。少女は大野島の外れにこっそりと埋葬されたのだった。あの子の骨も混ぜてやらならん、と稔は考えていた。

かつてないほどの決意で稔はこの骨仏建立に全精力を傾けることとなった。島民に働きかけ、説得をはじめた。一軒一軒の家を自ら回って共同納骨堂の説明をして歩いた。稔や清美が当初予想したよりもずっと島民の関心が高いことが実際に島を回ってみて分かった。裕福とはほど遠い島民の多くが、墓を建てるべき土地の問題や墓石代の費用、また墓の維持費、管理の難しさなどの経済的理由に喘《あえ》いでいるのが実情だった。

いまや、中部九州を代表する実業家の一人となった稔が率先して骨仏を作るならと多くの人々は参加に前向きであった。もっとも反対者が全くいなかったわけではなかった。

島に住む人々の信仰する宗派は同じ仏教ではあっても様々であった。それを一つの仏にしてしまおうというのだから反発が起きないわけはなかった。中には匿名の手紙で、人心をまどわす悪魔、選挙のための売名行為、と非難する者や、家の玄関の前に猫の骨を置いて嫌がらせをする者も出た。

しかし共同納骨堂の提案に参加する者は、稔と清美の一軒一軒を丁寧に廻《めぐ》る地道な説得活動の甲斐あって日に日に増え、ヌエの心配を余所《よそ》に二度目の説明会を催した直後になると、島の大半の家の賛同を得るまでになった。

稔は和尚を訪ね、寺の敷地の一部を使わせて欲しいと申し出た。勝楽寺は浄土真宗西本願寺派の寺で、当然、島民全てがその門徒というわけではなかった。江口家は代々、柳川市《やながわし》にある別の寺の檀家《だんか》で、そこは東本願寺派だった。大野島には勝楽寺しか寺はなかったが、各地より大野島へ移り住んだ島民は様々な宗派に属していた。島民の気持ちを一つにすることと、将来の安心のためにも勝楽寺の土地に納骨堂を建てるのが稔の理想だった。

和尚はすでに八十六歳という高齢ではあったが、彼は稔の着想に理解を示した。

「見放された墓ほど虚《むな》しいものはなか。みのるしゃんらしか考えばい」

稔は、なんとかならんもんやろか、と和尚に頭を下げた。

「あんたの父親には随分と助けられたったい。あん人は口数は少なかったばってん、徳んある人やった。貧しかもんに優しく、権力を振りかざす者に厳しかった」

そう告げると和尚は微笑んだ。

「火葬場守の給料を上げる運動をしたり、破産したものに土地を貸したり、それは地道やったばってん、頭のさがるこつばかりやったたいね。あんたがそげんこつば思いつくとも結局血イやろのい」

稔は照れたが、その時この行いが父の意思にそうものだということを悟った。どこか遠くより父の魂が稔の行いを見ているような気がした。

「納骨堂のために土地を貸さんわけにはいかんやろのい」

和尚はすこしの間考えを巡らせた後、ぽつんと頷いた。稔は反射的に、有り難か、と頭を下げた。

「ばってん宗派の違いはどげんするつもりかのい」

稔はまっすぐに和尚の顔を覗き込んだ。

「同じ人間ですばい。それに同じ島の人間です。むちゃくちゃな話に聞こえるかもしれませんばってん、こん島に住む島民はみんなここに潟《かた》がついた時より既に何らかの運命は共にしとるとです」

和尚は頷き、島民ば説得できるんなら、その話に協力すったい、と呟いた。稔の顔に赤みが差した。和尚は、笑顔の稔に問いただした。

「どげんしてそげんこつば思いついたっかね」

稔は幼い頃から見続けた白い仏のことを話した。和尚は聞きおわると暫く黙っていた。それから大きく一つ頷いた。硯箱《すずりばこ》を取り出すと筆を墨に浸し、半紙に大きく文字を書いて見せた。

「倶会一処《くえいっしょ》ちゅう言葉があるったい」

和尚は半紙を稔の方へと回した。

「人間は貧しか者も富む者も本来みんな一緒っちゅう言葉たい。世の中のくだらない決まり事や価値観を越えて人間の存在は一つっちゅうことを意味するとたい」

稔はその言葉を口腔で繰り返し発音してみた。それがまさに自分が考えていることを言い表している気がしてならなかった。

「おまんの考えたことはこの言葉によるものやろの。おまんの考えた納骨堂はきっと多くの人ば救い、今を生きる島民たちに先祖の大切さを教えていくことになるとやろの。できる限りの手伝いばさせてもらうけん、その志ば失わんでやり遂げなさっとよか」

稔は和尚をまっすぐに見つめながら、倶会一処、と心の中で小さく呟いていた。

11

九十歳を越えた金子はこの島の長寿記録を更新していた。片方の目はもうほとんど色が無く真っ白になっていた。もう一方の目の表面は寒天質の液体が覆い、その奥で茶色く色素の抜け出た瞳が小さくなって呼吸をしていた。

外見は髪の毛がすっかり抜け落ちて肉体や皮膚の窶《やつ》れも目立つようになっていたが、歳を重ねるごとに記憶は過去へ過去へとますます逆行し、顔の表情にはつややかな輝きがにじみ、意識が若返っていることを示していた。

「あんたのお父さんがうちに来てくさ、うちばむすこん嫁にもらいたかっち言いなさった時はほんなこて嬉しかったったい。うちの人生はその瞬間に決まったとよ。うちには選ぶ権利はなかったけんね、だけんそう願っとったとよ。先祖さまや、仏さまにおがんどったそん願いが叶ったとやけん、これほど嬉しかことはなかち。あんたは声もかけてくださらんかったやないね。いつも遠くにおってくさ、こっちば見とらっしゃるんかどうかも分からんような目をしてたけん心配だったとよ。ばってん、ちゃんとうちば見ていてくれたったいね。知らんかった。こっちば見てくれとらすっちゃなかやろかとは思うとったばってん、分からんもん。うちなんて器量もよくなかやろ。体が丈夫なだけしか取り柄がなかけんね。だけんあんたに選ばれた時はほんに嬉しかったったい。あんたでよかったばい。嘘をつかんですむもんのい。生涯嘘ばつきとおさなならんならそれは地獄ったい。好きでんなか人に見初《みそ》められたならそうせなならんやったばい。あんたでよかったち。あんたがよかったたい」

金子は窪んだ目頭を赤らめていた。稔は小さく頷いていた。

「ほれあんたが最初にうちに声ばかけてくれよんなすった時んこつば覚えとるね。なんの集まりやったっかね。祭りかなにかじゃったばい。縁日の賑《にぎ》わいん中じゃったち。うちは綺麗かかっこばしとらんやったとに、よく声ばかけてくれなさったばい。ほかにずっと綺麗か人もおらしたとに。なんでうちやったとね。それともみんなに声ばかけてうちが最後やったとやろかのい」

金子は微笑んでいた。寒天に覆われた瞳に電球の明かりが鈍く反射していた。

「縁じゃろのい。縁としか言えんばい。縁ば信じとったったい。縁があったっちゃけん、こうして結ばれたとやろのい。これから沢山子供ば作らんとならんのい。うちはあんたんために生きて家を立派にせんならんな。それが女子《おなご》ん仕事じゃもんのい。うちはあんたんために生きて死ぬったい。だけん、お願いだから無理せんでくれんね。あんたにもしもんことがあったらうちの人生はお終《しま》いやけんね。後家さんにはなりとうなか」

金子はもう笑っていなかった。稔はそっと金子の手をいつものように握りしめた。

「ばってん、うちはあんたより長生きするけんね。だってそうやろもん、うちが死んだらあんた一人では生きていけんばい。うちが先に死んだら生き残ったあんたは廃人同然たい。そげん思いはさせられん。安心せんね。うちは健康だけが取り柄やけん」

金子は微笑んだ。視線は遠くを見つめていた。唇を数度嘗《な》めた後、金子は瞼を静かに閉じた。稔は金子よりは長生きをしなければ、と自分に言い聞かせるのだった。

第七章

1

島民の賛同がほぼ得られた後も、共同納骨堂の計画が具体化するまでには、思った以上に時間がかかることになった。かつて誰も経験したことのない骨仏の制作には、骨の粉砕方法や、骨仏及び納骨堂の建設にかかる費用の工面など難題が山積した。

一番の問題は誰が骨仏を作るのかということだった。先祖の骨を材料に、永久に人々に拝まれることになる仏像である。失敗は許されなかったし、また見栄《みば》えも、内容も、芸術的価値に及ぶまで相応《ふさわ》しい作り手を選びださなければならなかった。

稔は県の芸術家団体に打診して、名高い彫刻家を紹介して貰うことにした。数カ月のやり取りののち、大阪在住の彫刻家井原八兵という人物に白羽の矢が立った。取り寄せた個展のパンフレットに載っていた一体の仏像の写真に稔の目が止まった。素焼きで出来た簡単なものだったが、丸みを帯びた全体から滲み出る穏やかな表情はまさに稔が描いていた骨仏の理想形であった。

井原は仏像制作の経験も豊かな彫刻家だったが、何より稔の心を捕らえたのは彼がもともとは大野島よりそれほど遠くない柳川の出身で、立花藩に仕えていた肖像画家の血筋をひいているという点だった。

稔は早速井原八兵に手紙を書き、骨仏制作の要請をした。手紙のやり取りを通して、その人柄と感触を摑む必要があった。出向いて頼めばことはもっと簡単に進んだはずだったが、稔はこの頃より胃の辺りに不快な痛みを抱えており、長旅の許される体ではなかった。せっせと手紙を書いた。なぜ人は死ぬのか。なぜ人は先祖をおろそかにするのか。なぜ人は忘却するのか。それらの手紙は彫刻家井原八兵に宛てたものでありながらも、一方で自分自身への生の問い掛けでもあった。

そして井原から戻ってくる手紙は、数は少なかったものの、稔をいつも勇気づけた。

拝復

あなたとはお会いしたことがないのに不思議とその人柄がよく伝わってきます。あなたが骨仏を島に建立したいとお考えになったこと、わたしにもよく理解できました。わたしも戦争に行った者の一人であります。もっともあなたのような直接的な苦い経験はありませんが、わたしの仲間たちも大勢死にました。こういう犠牲のもとに今日の平和があることを現在生きている人々が知る必要はあると思います。なぜ人間には命が与えられたのでしょうか。その命はどうしてこれほど軽いものなのでしょうか。わたしもあなたのように命のことを考えることがよくあります。

わたしは彫刻家です。形を通して人間の心や自然の有りのままを描くことができるならこれほどやり甲斐のある仕事はないのです。島に生きた人々の骨で一体の仏を作るという考えに彫刻家としてのわたしの気持ちが動きました。これほど神秘的な仕事は今後も滅多にないでしょう。あなたが心配されている報酬に関してもわたしは多くを要求するつもりはありません。あなたがたが最初に提示なさった額で充分です。それよりも期間の方が多少心配ではあります。ここのところいろいろと忙しく、骨仏を作りおえたらその足でフランスへ行かなければなりません。つまり実質の制作日数は、後が塞《ふさ》がっての三週間しかないのです。一日を有効に利用するためにもその準備には万全を期して欲しいと思います。わたしは美術大学に通っている上の息子を助手に連れていくつもりですが、人手は多いほうが助かります。その辺りのこともう少し細かく打ち合わせておいた方がよろしいでしょう。

最後になりましたが、実はあなたの手紙にわたしはいつも感動していたのです。人間は愚かだと発言しながらも、あなたはその愚かな人間を見捨てておられない。どこかで信用しているところがある。それは文面を見ればよく伝わってきます。最後の最後まで、たとえ死期というものが見えていたとしても、人間の尊厳を放棄せず生きようとするだろうあなたの姿にわたしは希望を見ることができました。この仕事は楽しみでなりません。島民の魂を裏切らないような立派な仏を作りたいと思います。現在簡単な図を書いております。それを近いうちにお送りしたいと思います。くれぐれもご無理をなさらぬよう。お会いできること心の底より楽しみにしております。

井原八兵

2

金子の意識は次第に遡《さかのぼ》って、ついには幼児同様となった。どこを見ているのかますます分からなくなった視線の先にはきっと彼女を育てた親や兄弟や親戚たちが大勢いるに違いなかった。金子はその亡霊たちの一挙一動に身を震わせたり拍手をしたり泣いたり笑ったりした。一世紀近くも昔を生きているのだな、と稔は老いた母の顔を覗き込んだ。

金子は彼女にあてがわれた部屋の布団の上で小さく横たわって生きていた。倫子がいた頃のように庭を散歩することは全く無くなった。家族に介護する時間や余裕が無くなったのではなく、本人の体力の問題だった。

体は意識とは全く正反対に、随分と弱まっていたがしかし死ぬ気配はまだなかった。百歳へ向けてじわじわと老化していた。そのまま大木の根っこのようになるのではないかと思うほどのゆるやかな退化が彼女の中で起こっていた。人間というよりは何千年と生きた植物の固まりが死へ向けて徐々に茎や枝の先端を枯らしはじめているのに似ていた。金子の手は、手というより枯れ枝のようだったが、それでも確かに生きていた。稔は濡れタオルで金子の体を時々拭いた。力を入れると皮膚が剝がれそうなので、押さえるようにして拭った。骨になんとか肉がくっついているという状態であった。それでも金子は生きていた。よくご飯を食べたし、よく便を排出した。その分家族の手を煩わせたが、しかし生きていてくれるのは稔には嬉しいことだった。記憶の夢を見ながらでも生きて欲しかった。迎えが来るまで出来る限りの介護をしてあげたい、と稔は息子として思った。

顔の皮膚はすっかり垂れ下がり、目は窪んで、唇だけが腫《は》れて鱈子《たらこ》のようだった。彼女は魚のように口をぱくぱくと動かして呼吸していた。皺だらけの顔の真ん中で目だけがまだ活き活きと動き回っていた。顔をくしゃくしゃにして目をひんむいては、ふいに、あそんでくれんね、と誰に言うでもなく大きな声を上げた。

稔がそばにいても気がつかないことのほうが多かった。気がついてもそれが稔であると認識できることは滅多になかった。金子はすっかり自分の記憶の中を生きる人々とのみ交信しているのだった。それでも生きていた。

3

仕事が終わると稔は筑後川の向こうに沈む夕日を見るために土手を登った。川の先に赤い太陽が沈みかけていた。繰り返しだ、と稔は思った。夕日は昨日もああやって沈みかけていた。きっと明日も同じように暮れていくのに違いなかった。そして明日が夜の後やってくる。必ずやってくる明日を稔は不安に思ったことがなかった。明日は絶対にやってくるものと約束されていた。

朝目が覚めると布団の中でまた一日が始まるのだと考えた。それをずっと繰り返してきた。なんの疑いもなく、同じように繰り返してきた。寝て起きて寝て起きて、稔はその単純だが規則正しい生活のリズムをこなしてきた。疑問も抱かず、眠くなったら寝て誰に起こされるわけでもなく朝になったら自然に目が覚めた。起きたらすることがあって、そのことに一日の大半を割かれ、疲れたら眠くなった。それは大抵《たいてい》夜で、また太陽が登ってくる頃には自然に目が覚めるのだった。

稔は勤勉に生きてきた。だからずっと明日という未来は律儀にやってきた。やってくるものだと疑うことがなかった。しかし六十歳を越えた今、稔は明日がふいに来なくなるかもしれないと思うようになった。

4

昭和三十九年晩秋、島は骨仏の建立という開拓以来の一大事業に沸いた。共同納骨堂建立委員会が発足し、稔が委員長に、清美が副委員長に就任した。井原八兵が島にやって来る前に完成させなければならない建坪二十坪ほどの納骨堂の建設が島の大工たちによって急ピッチで進められた。同時に数千体に及ぶ埋葬された人々の骨を掘り起こし一カ所に集め、さらにはそれを粉にするという作業が始まろうとしていた。

先祖の墓はそれぞれの部落単位で責任をもって掘り起こすことが決まった。開墓を行う前に和尚による島民を集めての先祖への供養が行われた。和尚は島の全ての墓に眠りを一旦覚ます旨の許しを請うた。寺の本堂に入りきれないほどの島民が集まったため、急遽寺《きゆうきよ》の境内に祈りの場が移された。ヌエや稔の子供たちも参列した。和尚の祈りは高らかに島の空に響き渡った。晴れ渡る空が眩しかった。

お経の声を聞きながら、稔は上空を舞う鵑を見ていた。いつもあの鳥に自分は見張られていたような気がする、と稔は思った。鳥の目は青黒く輝き、稔の眼球の芯を刺した。鳥に姿を借りた何者かにずっと見られてきた。鳥はまもなく太陽の光線の中に消えてしまった。

墓は大抵各一族ごとに纏まってあった。稔の一族も家の裏側に五十坪ほどの墓場を持っていた。立派な墓石を持つ者の他に、石板や木で出来た粗末な墓標が立っただけの墓もまだ沢山残っていた。それらの多くが墓碑銘さえも読み取れないほどに古く傷んでいた。

稔はまず自分の先祖の墓から掘り起こすことにした。清美をはじめ近所の顔なじみが数人手伝いに来た。家の裏の墓地には何十という墓が寄り添っていた。古い墓石は黒くくすんでいて時間の経過が墓石の内部から滲んでいた。眠りを覚まさせられる先祖たちは骨仏についてどう思っているのだろう。稔は空へ向かって聳《そび》える墓石に耳を傾けた。墓石は遠い空の果てを見つめているかのようだった。立派な墓石の奥にさらに古い先祖たちの土葬の墓があった。開拓でこの島に入植した何世代も前の先祖の墓である。土を盛って作った墓上で稔は子供のころ清美たちとよく遊んだ。墓場は島の子供たちにとっては絶好の遊び場だった。

墓にはどれも正面の低部、地面に面したところに人間がやっともぐり込める程度の小さな石の入口があった。金具の閂《かんぬき》が付いたものもあればただ石を押し込んだだけの簡単なものもあった。何人もの遺骨を納めたものもあれば、一人しか入っていないものもあった。本家の人間だけではなく分家やそれほど遠くない親戚たちもここに葬られていた。

稔は徳之助が眠る墓から開けることにした。火葬の風習が広がりはじめた頃、江口家は真っ先に徳之助の代まで遡って、土葬の骨を火葬し直していた。そこには曾祖父や曾祖母だけではなく何らかの病気や事故で早くに他界したその子供たち数体の遺骨が入っていた。長いこと開かれていなかったので石扉は固く、こじ開けるのには金てこを使って大人数人がかりで開けなければならなかった。石と石の間に詰まった土をほじくり、石扉を取り出すと、そこにぽっかりと穴倉があいた。中はどんよりと暗く冷たかったが、そこには何かが潜んでいるような確かな気配が満ちていた。

地面に這いつくばって中を覗いた瞬間、稔は先祖たちに、何ばしに来たつか、と訊ねられたようなひんやりとした冷気を耳裏から首筋にかけて感じた。中は左右に二段の棚があり、先祖の骨が入った骨壺がずらりと並んでいた。一つ一つがうっすらと浮かび上がるように存在を放っていた。稔には人々の眼球が見えた。眼光が稔をつつみ込んできた。それが和解なのか、忠告なのかは分からなかった。稔は急いで手を合わせ、先祖たちに骨仏の建立について報告した。力を借りたいとも祈った。

「どげんしたつか」

稔が墓の中に頭をつっこんで動かなくなったものだから、清美が心配して声をかけてきた。稔は、大丈夫ったい、と答えた。自分の声が墓穴の中で反響し鼓膜を通して脳の奥に強く響いた。少し待ってから稔は、よし、と自分に言い聞かせ、一つ一つの骨壺に触れた。骨壺は意外と重たかった。墓の空気は先祖たちの魂にずっと浸されてきたのだと思えるほど湿っていた。

稔は骨壺を取り出した。中には何百年ぶりに地上に出た骨もあった。一つ一つの骨壺を慎重に抱き抱えるようにして稔は運び出していった。包帯のような布切れで巻かれたものや、角張った壺に入れられたもの、あるいは朱で縁取られたものまで様々であった。外気に触れた骨壺は丁寧に汚れを拭き取ってからリヤカーに積み込まれていった。

父長四郎の墓には、兄石太郎、それから琢磨の骨壺が入っていた。長四郎の骨壺の蓋を取ると、中に珊瑚《さんご》のかけらのような色あせた骨の固まりがあった。稔はその一かけらを指先で摘《つま》んでみた。父の生前の筋骨逞しい肉体を思った。厳しい仕事中の顔を思い出した。骨を通して父がかつてこの地上に生きていた時のことが次々に思い出されては稔の脳裏を過っていった。どれもすっかり忘れていた懐かしい光景であった。

兄の骨はほとんどが焦げて黒くなっていた。その黒さはしかしかつて確かに兄が存在していたのだという痕跡となって稔に迫ってきた。稔は兄を改めて思い出していた。骨を握りしめて、石兄イ、と声に出してみた。裏の田んぼの藁山《わらやま》の中に一緒に草履を隠した時のことが思い出された。自転車のリムを棒切れで押して遊んだことや、榎《えのき》の実を弾にしたエンノミ鉄砲やゴムハジキで鵯を撃ったこと、また竹の筒を遠くへ飛ばして競い合うトカッチンと呼ばれる遊びに興じたことなどが蘇っては稔を懐かしくさせた。骨も生きた人間の確かな肉体の一部だったはずだ。そこに確かに彼がいたのだという存在の証《あかし》であった。

稔は自分の息子琢磨の骨壺だけは開けることができなかった。まだそこに生きた琢磨が押し込められているような気がしてならなかった。蓋を開けて、覗き込んだ瞬間、哀れに見上げる息子と対面したなら、いったいどんな顔で稔はこれから作業を続ければいいのか分からなくなりそうだったからだ。稔はそれを開けずにリヤカーに乗せた。

「見んちゃ、よかつか」

清美は稔の背中に声をかけた。稔は俯いたまま、ああ、と答えた。その時、工場の陰から様子を窺っていたヌエと目があった。彼女は琢磨の骨壺を見ることはとてもできないと出てこなかった。

「大丈夫ったい。こいつもうさびしかこつはなか。みんなと混ざって一つになるとやけんね」

稔はヌエに向かってそう声を上げた。

5

稔は君江に頼まれて鐵造の一族の墓を開ける手伝いをした。体の細い稔が身を屈《かが》めて墓の中に体を潜らせ骨壺を取り出した。鐵造の父親や母親といった懐かしい人々の骨壺に混じって真新しい鐵造の骨壺が出てきた。清美に手渡すとき稔は思わずため息を零《こぼ》した。あの夜、彼が得々と説いた生死についての言葉が次々に稔の裡《うち》に蘇ってきた。大きな清美に抱きかかえられた、小さな鐵造の骨壺がますます悲しみを誘った。

「何人もの死者を葬ってきたばってん、幼なじみのこげん姿ば見るんはやはりつらかったい」

清美は骨壺を天に高々と翳《かざ》して見上げた。空の青みの中で骨壺は鈍い暗さを湛《たた》えていた。稔はゆっくりと起き上がった。リヤカーには鐵造の一族の骨壺が並べられていた。

「鐵造の父しゃんも母しゃんもよお知っとった。道端で出会うといつでん笑顔で気をつけないかんばいって心配ばしてくれよった。遊びに行くと、なんもなかばってん、とうまかもんば拵えてくれよった。どこさみんな行きなさったとやろのい。なんで消えなならんかったとやろ。そしておっどんたちももうじき……」

稔は清美に言いながら、もう何度も何度も疑問に思ってきたことをいまさら子供のように問い直している自分に腹立たしさがこみ上げて、思わず舌打ちしてしまった。

「答えのあるもんと違う。これには生きてる限りの答えはなか。分かっとるばってんどげんしても言葉になってしまうったい。自信のある人間でも死ななければ向こうの世界がどげんなっとうとか分からんち。分からんことが、きっと答えなんやろね」

稔は大きく息を吐き出すと、口許に笑みを溜めた。清美は黙って鐵造の骨壺をリヤカーに乗せた。

集めた骨は寺の境内にある納屋に保管した。数週間も経つと納屋は足の踏み場もないほどになった。隼人の一族の骨もあった。清美の父親の骨もあった。骨壺の上には懐かしい名前の書かれた半紙が貼られ、名字を見れば大抵、どこの部落のどの一族に属するものかが分かった。

6

土葬した墓は最後となった。

緒永久は土葬だった。一族の墓の中で彼女だけが土葬されているのは、父親が緒永久の魂の復活を願ったせいもあった。稔は緒永久の墓を掘り起こす前夜、夢を見た。緒永久が稔の足許に立ち、あのふくよかな肉体を久しぶりに稔の記憶から引き出したのだった。

稔は六十六歳になっていたが、まだ緒永久の唇の感触を覚えていた。柔らかく、生に溢れた品のいい唇であった。もちろん記憶が嘘をつくことを稔は知っていた。でも稔の中で緒永久の記憶はますます磨かれ美しく研ぎ澄まされていたのだった。

緒永久に抱きしめられた時の切ない抱擁感も細胞の一つ一つがしっかりと記憶して、忘れられなかった。瞼を閉じると鮮明に緒永久の若々しい裸体が反芻できた。緒永久はまだ稔の心の中で生きていた。だから稔は彼女が死んでいるとはどうしても思えないのだった。

かつて緒永久に追いかけられたことのある田んぼの畦道で、稔は緒永久の幻を追いかけた。稔の眼球は大野島の半世紀以上も前の空を見ていた。雲がどんよりと覆い、光が差し込まない薄暗い世界だった。緒永久の健康的な踝《くるぶし》だけが前方を見極める指針であった。緒永久の足の裏が泥を蹴り上げた。ふくらはぎが土を踏み込むたびにぎゅっと健康的に締まった。緒永久の大きな臀部《でんぶ》が稔の前で踊りつづけた。

「おとわしゃん……」

稔は大声で叫んだ。振り返る緒永久は笑っていた。彼女の生々しく震える裸体を稔は葦原の入口で捕まえた。抱きついた時のその絹のような冷やかな感触に稔は驚いた。随分と前に感じた欲望が沸き起こっていた。緒永久は口を開いて稔の腕の中にいた。生きていた。吐息や匂いも感じられた。夢だとどこかで分かっていながらも、稔は緒永久の生を味わっていた。

緒永久の瑞々《みずみず》しい胸の膨らみは稔の心をくすぐってきた。呼吸を乱しながら緒永久は息を稔に吹き掛けながら笑っていた。

「みのるしゃん……」

「なんかい」

稔は乱れた心を落ちつかせるのに必死だった。

「あんたは、明日、わたしの墓を掘るとたいね」

稔は、ああ、と頷いたが、同時に、これはやはり夢なのだ、と動揺して悲しくなるのを感じた。いつか夢はさめ、また緒永久と会えなくなるのだ、と思った。

「わたしの、惨めな姿ば見ても、嫌いにならんやろね」

稔は、驚いた。

「惨めな姿ちゃ」

「そおたい、だってわたし裸さえも脱ぎ捨ててるんよ。皮も肉も全部脱ぎ捨てているんよ。その哀れな姿をあんたに見られるのはなによりも恥ずかしかこったい」

緒永久はもう笑っていなかった。呼吸も既に荒くなく、瞳は静かに稔を見つめていた。滑らかで艶やかな緒永久の顔はふいに光が閉ざされ、影が走り、皮膚は急に色あせ、次第に窪んで、目尻や、頬や唇の老化が進み、それは萎《しな》びて、埋没し、鼻はみるみる崩れ、眼球の根元が腐りだし、どこまでも果てしなく顔の表面が陥没すると、歯が剝き出しになってあの瑞々しかった顔は骸骨へと変わっていった。

稔は緒永久ではなくいつのまにか骸骨を抱きしめていることに気がつき、大声を上げて布団を蹴り上げていた。

7

昨夜の夢のせいで、緒永久の墓を掘り起こすのは気が重かった。その骸骨を見た瞬間、緒永久は完全に稔の中で死ぬことになる。

その日、稔は気分がすぐれないからとほとんどの仕事を清美に任せた。清美は緒永久の墓に乗っていた石板の墓標を退《の》けると、スコップで盛土を掘りはじめた。稔は自分の肉を削られていくような気分だった。しばらくすると清美のスコップは甕《かめ》の蓋にぶつかった。昔の土葬用の甕は大きな酒樽《さかだる》のような形をしていた。

「出てきたばい」

清美は甕の蓋の上の土を丁寧にスコップで払い退けた。

「こん墓の主は綺麗かひとじゃったばいな」

清美が言ったので、稔は慌てて顔を上げた。

「嫁ぎ先の亭主にボボん最中に殺されたっておれんおとうが言いよったばってん」

「さいちゅう……」

「そうたい、縛りつけられて。異常な行為ば繰り返し要求されていたとか。内臓が子宮の方から破損されてたっちゅうからなんばつっこまれよったか分からん」

稔は脱力したまま立ち上がった。緒永久の最期を知らなかった。肺の奥から吐気がこみ上げてきた。今までどんなことが彼女に起こったのか真実を知ろうとしなかったのはなぜか。

「それは作り事やろ」

「いいんや」

清美は首を振った。

「こん死者の親が一度は火葬しようとうちのおとうに頼みにきたつよ。そんときに聞いたって言っとった。おとうは口が固かったけん、誰にも言わんかったとよ」

稔は緒永久の甕棺の前まで来るとそこに崩れ落ちた。

「嫁ぎ先の主人っちゅう奴は、異常なことで地元でも有名やったそうばい。向こうではおかっつぁんのなり手はおらんかったそうばい。こん仏さんはそんこつば知らんかったったい。……結局精神に問題があったっちゅうてその男は無実になりよったらしか」

清美は首を左右に振って続けた。

「で、こん仏さんの体には火傷ん痕や折檻《せっかん》の痕が無数にあったて聞いたばい。歯も数本折れていたそうたい。見るも無惨な亡骸《なきがら》やったって。うかばれんのい」

稔は涙が次々に零れだすのを堪えることができなかった。それを見て清美は自分が余計なことを言ったことに初めて気づいたのだった。

「すまんたい。みのるしゃんもよう遊んでもらいよったもんね。おっどんたちにはあねしゃんのような人やったもんね」

清美はそう呟くと、もう遠か昔のこったい、五十年以上も前んこつばい、と言ってスコップを放り投げ、稔の前にしゃがみ甕の蓋に手をかけた。

「あくっぞ」

清美が力を込めて言ったので、稔も観念して蓋に手をかけた。せえの、と清美が号令をかけ次の瞬間蓋が取り外された。いつのまにか雲に隠れていた太陽が顔を見せた。

眩しさで一瞬稔は目を細めた。見んでくれんね、と緒永久の恥ずかしがる声が聞こえた気がした。稔の視線は甕の中で凝固した。自分の見ているものが信じられなかった。

甕の中には足を折ってしゃがみこんだ緒永久の骸骨があった。緒永久の肉体が溶けてそうなったのか、あるいは雨水が長い年月を経て溜まったせいか、半透明の真っ青な液体が甕の四分の一ほどの底で光を反射していた。髪の毛は死後も成長を続けたのだろうか、あれから半世紀もの歳月が流れたというのに、黒々と伸びて、それは甕の底の青い液体にまで達し、線画を描いていた。

緒永久の骸骨ははにかむように俯いていた。眼球の代わりに空洞があった。世界中の光を飲み込む不幸の穴倉に見えた。彼女の顔を想像することはできなかった。骨になればみんな同じなのだ。死ねばみんなただの骨になる。稔はこみ上げてくる感情を抑えることができなかった。泣きつづけた。清美の前ではばかることなく声を上げて泣いた。

落ちついてから、二人は緒永久の骨を甕から救い出すために手を伸ばした。稔の手は震え続けた。触れた途端、骸骨は棺の底へとばらばらになって崩れ落ちてしまった。

8

最終的に三千体を越える骨が積み上げられた。千三百キログラム、米俵にして五十俵分にものぼる量だった。骨の破砕は結局、手間隙《てまひま》の面からも機械で行うことにした。いろいろ試してみた結果、麦おっしゃき機と地元民に呼ばれる麦の殻《から》を潰《つぶ》す機械を使って骨を砕く方法が一番早くて適していることが分かった。これだと金鎚でやるよりも平均した粒のものが揃えられた。量も一気にやることができた。一人が麦おっしゃき機のハンドルを回し、もう一人が骨を上部の投入口から入れた。実験で使った豚の骨は綺麗に粉になって下部の口から出てきた。

粉砕の作業は二人がかりで行われた。稔と清美が大抵交互に麦おっしゃき機を操作し、ハンドルを動かさない方が骨を機械の投入口へと放り投げた。かなりの力仕事であった。肥満体の清美はハンドルを回しながら汗を滴らせ、冬だというのにシャツは乾く暇もなかった。骨は蟻地獄のような筒の底へと滑り落ち、その底で作動している鋼鉄の歯車によって破砕され、下に置かれた籠《かご》の中にさらさらと落下した。骨が砕ける時の、メキメキ、という音には慣れることはできなかった。稔は耳奥が痙攣《けいれん》を起こしそうになると心の中で、倶会一処、と念じ気を引き締めた。

別にしておいた緒永久の骨を稔は取り出した。土葬の骨は長い年月の間に化石化が進んでおり一旦簡単な火葬をしなおし、粉砕しやすい固さにしなければならなかった。

「おとわしゃん、みんなと一緒になるったい。なんも、悲しかこつはなか。おとわしゃんのおとうもおかあも一緒ったい。おれのおとうもおかあも、島中のひとたちと一緒になるけん、安心して成仏せんね」

稔は心の中で呟きながら骨を機械の中へと少しずつ投下した。砕かれた緒永久の骨は籠の中の島の人々の骨と混じりあって次第に見分けがつかなくなっていった。鋼鉄の歯車が緒永久の骨を破砕していく響きの向こうから、緒永久の声がした気がした。

「みのるしゃん」

稔は思わず麦おっしゃき機の中を覗き込んでしまった。

「みのるしゃんは、一緒にならんとね？」

稔は顎を引いた。この骨仏に稔が入ることはなかった。この仏像が完成した後に死んだ島民の骨は骨壺に納められ、納骨堂の地下室で、二体目の量に達するまで保管されることとなっていた。さらに数百年の時間を経なければ、次の仏像は作ることができない計算だった。

「おれは次の仏に入ることになるっちゃ」

稔が言うと緒永久の怒る声が届いた。

「駄目、一緒にならんと駄目やけんね。違う仏像になったら永遠に離れ離れになる。きみはうちが好きやって言っとったやんね」

稔は緒永久の最後の骨を機械の口の中に全て放り投げた。

「みのるしゃん……」

声を振り切るように稔は目を瞑った。

「みのるしゃん」

稔は清美の声に目を開けた。

「みのるしゃん、これで終わりたいね」

二人は籠の中に積もった粉を同時に見下ろした。骨の粉末が籠から溢れそうになっていた。

「これで、百人ぶんたい」

清美は告げた。

「百人か」

稔は振り返った。納屋にはまだまだ大勢の骨が順番を待っていた。

「全部粉にするにはいったいどれほどの時間が掛かるっとやろのい」

「さ、分からんばってん、とにかく急がんならん」

稔はそう告げ、清美にはっぱをかけた。井原が骨仏を作るために島にやって来るまでにあと二カ月しかなかった。それまでに全ての準備を終わらせなければならなかった。

連日、稔と清美は骨の粉砕に追われた。粉になった骨はだいたい百人単位で米俵に纏められていった。稔は胃痛を押しての作業だった。なんとしても期間中にこの仏を完成させなければならなかった。

納骨堂の完成が近づいて来ると、それまで反対していた人々の間からも、是非自分たちの先祖も加えてほしいという申し出が出はじめた。清美は、いまさら、と怒ったが、稔は、よかったたい、と快く受け入れた。

9

家に戻ると金子が叫んでいた。家人の姿はなかった。稔は汚れた恰好のまま金子の部屋へ急いだ。襖が開けっ放しになっていて金子は縁側にいた。どうやってそこまで行ったのかは分からなかった。自力で這っては行けないので、誰かが金子に日光浴をさせようとしてそこまで連れていったのだろう。以前時々倫子はそうしていた。ヌエかあるいは悦子が天気も好かったので連れ出したのかもしれない。連れ出しておいて少しの時間近所に出かけているのだろう、と稔は考えた。金子の体は庭に落ちかけていた。彼女は意味不明の叫び声を上げていた。助けて、というのではない。何か名前を呼んでいるのだ。それが石太郎の名前であることが分かって、稔は硬直した。金子は夢の中で石太郎を助けようとしているのだった。とすると自力でそこまで這っていったのかもしれない。体はほんの少しずつ縁先へと移動している。じりじりと縁へ向けて動いているのだった。

稔は助け起こそうとして駆け寄ったが、思い止まった。縁側から庭まで一メートルほどの高さがあった。その高さから落ちたら金子は死ねるかもしれないと思ったからだった。咄嗟《とっさ》のことだったが、躊躇《ためら》いは稔の肉体に激しい痙攣を起こさせた。

「石太郎。石太郎」

金子はここのところずっと子供時代を生きていた。なのに石太郎のことはまだ意識から消えていないのだった。骨仏の中には石太郎の骨も入る。その中に金子を入れてやりたい、と稔は思った。そうすれば金子はそこでまた失った息子と再会できることになる。息子を見殺しにしたという罪を抱えて生きた、彼女のこの長大な時間を取り戻すことができるのならば、と迷った。

「石太郎。石太郎」

歯のない口を必死に動かして金子は叫び続けた。彼女には筑後川を流されていく息子の姿が見えているに違いなかった。ずっと、自分のせいだと罪を抱えてきたのだ。その罪から解放させてやりたい。稔は目を強く瞑った。

しかし金子が落ちそうになった時、稔は反射的に飛び出し、ひしと抱きしめていた。

金子は抱きついた稔に手を伸ばし、石太郎、と大声で呼んだ。

「すまんかった。すまんかった。もうはなさんけん、許してくれんね」

稔は石太郎に成り代わり、老いた母をしっかりと抱きしめた。

10

翌朝、金子は死んだ。かかりつけの医者がやって来て眼球を見て死を確認した。ご臨終です、と医者が告げると、家族は手を合わせた。稔は、何も言葉が出なかった。昨日彼女は石太郎を助けようと全力を使い果たしたに違いなかった。その死顔は清々しいほどに満足げであった。医者が死後硬直のはじまった金子の口を閉じさせるために手拭いで顎と頭部とを固定した。それから口許に笑みを浮かべさせ、瞼に手を掛け、最後に睫《まつ》毛《げ》の形を整えた。

「大往生ばい」

医者は仕事が終わると家族に向かって呟いた。大きい声では言えないが、よかったですね、という感じを含んでいた。ヌエが頭を下げ、いろいろとご迷惑ばおかけしました、と言った。

「島で一番の長生きじゃったけん、ちと残念ばってん、これであん骨仏さんに入れるんならそれも仏さんのお導きやろうのい」

医者が言った。稔は母の硬直している手を取ると、胸の上で組ませた。医者が帰り支度をはじめた。澄んだ冬の空気が冷たく肺に染みた。もう何度も見てきたような金子の死に顔であった。悲しみはなかった。じっと稔は金子を見つめ、彼女の魂が無事に向こうの世界に辿り着くようにと祈った。

11

井原八兵が骨仏の詳細な完成予想図を書き上げて送ってきたのは、大晦日《おおみそか》も近い十二月の下旬のことであった。仏像は五メートルほどにも達する予定だった。稔が望んだ通り、仏像は立像となっていた。

なんで立像ですかのい、と委員会の男性が聞いてきたことがあった。稔は、

「川で子供が溺れている時に座っている仏では助けることができんばい。立っている仏ならすぐに飛び込んで救うことができるったい」

と告げた。男は感心し黙って頷くだけであった。

井原八兵が書いた仏像の絵に稔は大きく心を揺さぶられた。その仏像図は実に崇高で凜々しく、紙の中ですっくと立っていた。まっすぐに現世を見つめ、厳しくも奥底では優しい眼差しを湛えていた。島民を永劫《えいごう》に見つめ続けるに相応しい顔立ちだと稔は満足だった。

稔たちは、井原八兵が書いた仏像図を完成間近の納骨堂内に貼って、精力的に残りの作業を急いだ。稔にとっては一生のうちでもっとも充実した時間だった。稔と清美は朝誰よりも早く起きると自転車を漕いで勝楽寺へと向かった。朝の冷たい空気は稔の肉体の疲れを癒した。そして誰よりも遅く、日が暮れてみんなが帰った後に二人は納骨堂の戸締りをしてから家路についた。

六十六歳の稔と清美には想像以上の労力であったはずなのに、大きな使命感が二人を支え苦しささえも忘れるほどであった。それぞれが本職の仕事に追われた時は残った方が二人分を受け持った。

清美が血を吐いて倒れたときも、二人は骨を粉にしている最中だった。稔と清美は見えざる力に動かされて、ほとんど不眠不休の日々が続いていた。

「時間っちゅうもんは不思議なもんたい」

稔は呟いた。

「早いのか遅いのかよう分からん」

「ほんにのう」

清美は呟いた。

「島の景色は昔からほとんど変わりやせんのに、人間の方だけは確実に老《ふ》けていく。そして死んでくったい。もう八十年もせんうちにこの島に今生きてる連中はみんな死ぬったい。ばってん、こん島だけはその後も残るわけったい」

「ほんにのう」

「自分が存在してない世界っちゅうもんがどうも想像できんばい。こうやって考えることができなくなるっちゅうことがどげんこつかまだ分からん」

稔がそう言うと、清美は頷いた。

「みのるしゃん、死とは無になることやなかやろうか。思考がなくなることば恐れてはいけんとよ。みんなが平等に無になることが死ばい。偉い人も犯罪者もみんなただの無に戻るったい」

稔はそっと清美を見た。清美はハンドルを回しながら、じっと骨が粉になって落下するのを見ていた。

「前にもいつか言ったと思うばってん。極楽とか地獄ちゅうんは、現世にしか意味をもたんもんたい」

清美の顔に一瞬光が射した。太陽が雲から顔を出し、辺りがすっと浮上した。

「大勢の人ば煙にしてきたろうが、だけん、おっどんには分かっとじゃん。極楽浄土ちゅう教えは確かに人間にとって必要なもんだと思う。ばってんそれは現世において役に立つということに過ぎんのじゃなかろうかのい。死後というんは、現世で考えるような形のあるもんやなかとじゃなかろうかのい。おっどんはどんな人間もみんな無に戻るような気がするったい。肉体を焼けば金持ちも貧乏人もみんな一緒ったい。煙になって空に昇るだけばい」

そう言った直後に清美は真っ赤な血反吐《ちへど》を吐いて地面に倒れ込んでしまった。彼がうずくまっている姿を見ても、稔は大声を張り上げることはなかった。その数秒前から稔はそれをすでに見ていたのだから。久しぶりの既視感……。清美が傾斜する光景、彼の魂が役割を終えようとしている静かな景色を、稔は前もって見つめていたのだった。

12

副委員長である清美が入院したあと、稔はすぐに遺言を認《したた》めた。自分にもしものことがあったら、残った者たちが力を合わせてこの仏像を完成させるようにと。それを黙ってヌエに手渡した。

清美は病院に運び込まれた時にはすでに昏睡状態だった。稔は暫く病院に詰めたが、後頭部の血管が破れており、回復の見込みがないことを医者に聞かされた時、稔は迷わず、自分の役目を全《まっと》うするために勝楽寺へと戻った。

時間がない、と稔は思った。自分の内側でも、魂が肉体のエネルギーを越えて昇華しようとしているのを感じていたからだった。肉体は船なのだ。魂はその船に乗って反対の岸へ向かう。船には寿命があり、清美の船と同じように、自分の船もそろそろ乗り換える時が迫っている、と稔は気がついていた。みんなで乗り込むことの出来る魂の船を作らんならん。

年が明け、いよいよ白仏建立も最終段階にきていた。

稔は正月の五日から一人で作業を再開した。一月の最終週には井原八兵がやって来る。それまでにはなんとか自分の役目を終わらせる必要があった。

大野島の冬は川中にあるせいで寒さが厳しく、体力を消耗させて働きずくめの稔の体には寒さが身に応《こた》えた。納骨堂はほぼ完成していたが、窓にはまだガラスさえはめ込まれておらず、吹き込む風は稔の肉体を凍えさせた。稔は寺の本堂へ移り、米俵に詰め込まれた骨の粉を点検した。五十俵もあった骨も粉砕したことで、最終的には二十八俵になっていた。まもなくこれで人骨の仏像が出来ることになる。稔は自分に強く言い聞かせるようにひとりごちた。

背後に気配があった。

「みのるしゃんかのい、こげん早か時間に誰かと思うたったい」

稔は、和尚に年の始めの挨拶をしてから、

「そろそろ準備ばしとかんと、もう時間もなかもんで」

と頭を下げた。

「こん前、あんたがそこの縁側で疲れてぐったり寝とるのば見たばってん、無理なされんほうがよか。急ぐこつなかあ、生きているうちが華《はな》やけん。残りの生を大切に生きてもらわんと」

和尚はそう言うと稔の腕に手を掛けた。よかったら茶でも飲んでいかんね、少しあったまっていくとよか。

二人は本堂脇の座敷で炬燵《こたつ》に足を入れて向かい合った。和尚は急須《きゅうす》を取り出し、緑茶を淹れた。ありがとうございます。稔は礼を言ってからそれを啜った。熱い茶が胃袋の底を温めた。生きた心地《ここち》んする。稔はその熱を噛みしめ、生を呼吸した。

ここ数カ月、朝から晩まで働きずくめだった。火鉢にあたってゆっくり茶を飲むことも許されなかった。その熱の感覚こそ、稔が生を嚙みしめる実感そのものだった。

「きよみしゃんの容体はどげんな？」

稔は力なく首を振った。和尚は嘆息をつき、

「ほんなこて焦ってもいかんばい。納骨堂も骨仏もまずこつこつやらないかん」

と忠告した。

「一度しかなか人生やろが、粗末にせんこつばい」

和尚は稔の目の中を見た。

「おっどんはもう自分の先が見えとるとです」

稔は頷き、もう一度茶を啜った。

「……まだ六十六ですが、人間には最期がハッキリと見えるこつが一番の幸せやと思うとです。おっどんには近づく死が見えとりますけん。肉体的には苦しかばってん、精神的には今こそもっとも高揚しとる時ではなかでしょうか。生きとるうちにこん骨仏ば拵えることができんならおっどんは自分の生をここにきちんと残す幸福を手にいれることができるとです」

和尚は目を瞑り奥歯を嚙みしめた。頰の表面が微細に動いた。

「駆け足の人生でしたが、不思議なこつに後悔はありまっせん。骨仏の目処《めど》もやっとつきました。清美のことを考えると完成を共に見るこつができんかったことが残念ですばってん、それでん彼の意識はわたしと共にありますけん。またこん島の数千体に及ぶ先祖の魂と一緒にありますけん」

和尚は一度小さく頷いた。稔は茶を味わってから続けた。

「骨仏の準備ばしながら、わたしは人の生の意味を考えてきたとです。それは死を見つめることからはじまったとです。子供ん頃は死が分からんがために恐ろしくて仕方なかったとです。ばってん今は違う。短かろうが長かろうが生を全うしたところに死という入口があるとです。わたしは理屈で死を捕らえるんは好かんとです。死は思考を越え、存在を越えた深い宇宙ですばい。清美は死は無だと言いよったばってん、おっどんは死とは常にそばに在ることだと思うとです。生きたもんのそばに在ること、それが安らかな死だと思うとです」

稔には和尚が霞んで見えていた。眼球が生涯を通して焼き付けてきた多くの光景がそれに降り注ぐ雪のように重なり幾重にもぼやけていった。和尚が笑っているようにも見えたし、悩んでいるようにも見えた。

「死は敗北ではありませんばい」

稔は言いおわるとゆっくりと瞬きをした。目の乾きが癒され、心の底より救われた気がした。

13

稔は筑後川を見下ろす土手に立ち、果てまで広がる筑紫平野の稲作地帯の、しかし荒涼とした空間を凝視した直後にもう一度瞬きをした。目の芯に残っているものがないか確認するような強い瞬きだった。それからもう一度瞬きをした。世界に変化は起こっていないか確かめてはまたもう一度瞬きをした。その一瞬にも確かに世界は変化しているはずだった。なのに稔にはその確かな変化を気づくことができなかった。稔は目を凝らし、どこかに異変が起きていないか捜し求めては目が乾いて瞬きを欲求し、変化を発見できないうちにまた瞬きをしてしまうのだった。それが人間の限界であり、精度の低さのせいなのだろう、と考えた。だからこそ人間は救われてきたのかもしれない、だからこそ人間は愚かな過ちを繰り返すのだ、と稔は脱力して瞬きを止めた。人間が万能ではないからこそ稔は稔でいられたのだった。

快晴だった。雲さえもなく、どこまでも澄み渡っていた。空の果てが僅かに丸みを帯びていた。地球の上に自分が今立っていることを稔は想像してみた。ただの想像に過ぎなかった。稔には見えないものは認知できなかった。地球は大きすぎ、宇宙は限度のない箱に過ぎなかった。

稔にとって重要なのは今見えている範囲の世界。この大野島と筑紫平野の一部分だけで充分であった。稔はここで死ぬつもりだった。どこにも出ていくつもりはなかった。ここが最後まで自分のただ唯一の世界の領域であった。稔は目を瞑った。陽光が瞼を押した。赤い血が流れているのが分かった。まだそんなものが流れていたのだと稔は驚いた。稔は目を開けたくなかった。ずっとそのまま命の息吹《いぶき》を感じていたかった。

14

一日が終わり、手伝いの人々が家路に着くと、稔は納骨堂の真ん中に座った。肉体を脱ぎ捨てたかった。鎧《よろい》のような重たさがあった。ずっしりと天井から見えない力で押さえ込まれているようであった。稔は膝の上で手を組み、頭を上げた。そして骨仏が収められることになっている奥まった空間を見つめた。聳える骨仏を想像してみた。凛々しい仏は稔の眼前に立ち上がっていた。月光が開いた窓から差し込んでいた。目の前が白くぶれて霞んで見えた。肉体と精神が遊離しはじめているのを感じた。

昭和四十年、一月十四日。大野島では十四日正月といって小正月を祝う習わしに従い、本家には親戚や江口工作所の社員たちが集まり、酒や料理が振る舞われ、宴会が催されていた。稔が次男の剛志と共同で開発した菊の選別機が用法特許を取った祝いも同時に重なった。男たちは酒を酌《く》み交わし笑い声が絶えなかった。江口家の広間は酔った男たちで賑わい、食堂は女たちで溢れ返り、二階は稔の孫たちの楽園だった。江口家の明かりは大野島で一番煌《こう》々《こう》と輝いていた。

従業員三百人の頂点に立つ男にしては稔にはあまり貫禄はなかった。稔はその時すでに欲望という業《ごう》を脱ぎ捨てていたのだった。会社は息子たちによってますます安定していた。稔は満足とはこういうものか、と息子たちの酔った赤ら顔を見て思った。

「なんがおかしかとです」

誰かが言った。稔は一人一人の顔を順繰りと見つめた後、いんにゃ、なんも、と呟き、また微笑んだ。

すべての準備が整った今、最後の僅かな望みは自分が発案した骨仏像の建立を見とどけることだけであった。

夜中になると、息子たちが二次会へ出かけると言いだし、小正月の祝いはお開きとなった。十一時を過ぎて、玄関に立ち、人々を送りだしたその直後稔は女たちの見守る中、玄関先で吐血した。

稔は意識が薄れて行くとき、またあの白い仏を見た。凛々しく気高い光を放っていた。

稔は途切れる意識の中でその仏に向かって声を上げた。

「もうすぐですけん」

声は薄れ行く意識の渦の中に飲み込まれ、それは至福さえも、悲しみさえも、ありとあらゆる感情のしがらみを同時に飲み込んでは、静かに、そして瞬くように消えていった。

〈了〉

付記

この小説は私の祖父、鉄砲屋今村豊をモデルにしている。事実に則しながらも、物語の枝葉は私の創作である。執筆の動機の一つに、なぜ祖父が白仏を作ったのかという謎を個人的に明かすことで自分のルーツを覗いてみたかった、ことがあげられる。

取材に快く応じて下さった勝楽寺の住職、実際に祖父とともに白仏建立に貢献された今村繁夫氏、大野島の皆さん、執筆にあたって仕事場を提供してくださった柳川お花、そして私の父と母にこの場を借りて心よりお礼を申し上げたい。また「文學界」編集部の庄野音比古編集長、森正明氏、それから非力な私を支え続けて下さった出版部の田嵜晢氏に重ねて大きな感謝を届けたい。ありがとうございました。

ニューヨーク　一九九七年夏　辻　仁成

参考文献

武下一郎『郷土　大野島村史』武下一郎刊／大川市史編集委員会編『大川市史』大川市役所刊／久留米自衛隊協力会・四八会・駐屯地編『久留米連隊配置九十年』久留米自衛隊協力会・四八会・駐屯地刊／笹間良彦『図鑑　日本の軍装』雄山閣刊　ほか

「白仏」とフェミナ賞

カンタン・コリーヌ
Corinne QUENTIN

1999年度フェミナ・エトランジェ賞受賞

「白仏」は、辻氏自身の祖父がモデルになっている小説です。辻氏は最初、母からこの祖父のことを聞かされ、その話にたいへん感心したといいます。

主人公の江口稔は鉄砲の職人ですが、作品の冒頭で家族に囲まれながら死んでゆきます。自分が歩んだ道を、死の床で彼は一つ一つ思い出してゆきます。子供の頃のこと。溺れて死んだ兄。若くして亡くなった最初の恋人。人生の残酷さと対をなす形で現れる、慈悲深い白仏の連続的な幻視。

日露戦争、太平洋戦争と敗北、経済成長といった日本の現代史を背景に、有明海に注ぐ筑後川の最下流に浮かぶ大野島という小さな島で暮らす人々の日常が描かれます。

この小説は1999年にフランスで翻訳出版されるやたちまち好評を博し、同年のフェミナ・エトランジェ賞を受賞しました。日本人の作品としては初めてのことでした。

フェミナ賞が創立されたのは、1904年です。この賞は、あまりにも男性中心主義の文学界に対しての、そして前年1903年に創立されたゴンクール賞に対しての女性からの反抗の印でもありました。審査員は全員女性ですが授賞対象作家は男女を問いません。目的は「文学の振興及び女性の文学者同士の友好を図る」ことでした。長い歴史を持つフランスの五つの大きな文学賞（ゴンクール、メディシス、ルノドー、アンテラリエそしてフェミナ）の中の一つであるフェミナ賞を受賞した作家には、過去、1905年ロマン・ロラン、1929年ジョルジュ・ベルナノス、1931年アントワーヌ・ド・サン=テグジュペリーなどがいます。

フェミナ・エトランジェ賞は、フランス語に翻訳された外国人作家による小説に与えられる賞で、1986年に創立されました。最初の受賞者はトルニー・リンドグレン（スウェーデン）で、その後1988年にはアモス・オズ（イスラエル）、1989年アリソン・ルーリー（アメリカ）、1992年ジュリアン・バーンズ（イギリス）など、日本でも名前が知られている多くの作家が受賞しています。

フェミナ賞の女性審査員達は、1999年11月5日に、その年度の三つのフェミナ賞（フランス語で書かれた小説に与える、本来のフェミナ賞、フェミナ・エトランジェ賞、そしてエッセーに与えるフェミナ・ヴァカレスコ賞）を発表しました。候補のリストに最初から登場していた、辻仁成氏の「白仏」が、一度の投票で7票を獲得し、すんなりと受賞が決まりました。

審査委員長を務めたのは、歴史学者のモナ・オズーフ女史。審査員の中には日本でも知られているマドレーヌ・シャプサール、レジーヌ・ドフォルジュ、ソランジュ・ファスケル、ヴィヴィアンヌ・フォレステール、フランソワーズ・ジルー、ダニエール・サルナーヴなどの作家もいました。

フランス人が読んだ「白仏」

審査員の一人で、作家のディアンヌ・ド＝マルジュリー女史は、フィガロ紙の文芸評論家としても知られていますが、賞が発表される前日の紙上で大きく「白仏」を紹介し、賞賛しています。半頁にも及ぶその記事のタイトルは「ブッダの光の中で」。ド＝マルジュリー女史は、辻仁成氏自身が、三島由紀夫を何十回も読んだと言っていることを取り上げ、彼の作品の中に日本文学の先輩達とのつながりが、やはり存在することを強調しています。「詩的で残酷であること、罪悪感の影、つきまとう死への思い」という、辻氏と三島に共有のテーマを見いだしているようです。しかし、「この素晴らしい小説を読み終わった後、長く心の中に残るのは、『死は敗北ではない』という平静な気持ち」とド＝マルジュリー女史。

特に彼女が感激したのは、主人公「稔」の人生を通じて、「悪を生命力に変えていく微妙なプロセス」を希に見る美しい描写で綴ってゆくという辻氏の力量です。このフィガロの記事を読んだ人はだれでも「白仏」を読みたくなるでしょう。

審査員ではありませんが、作家のイレーヌ・フラン女史は辻氏との対話をパリ・マッチ誌で紹介しています。フラン女史が、作品「白仏」を評価している一つの特徴は、現在多くなっている、憂鬱な大都会の闇や、汚くて極端に生々しいセックスなどを素材にしていない、ということです。また、日本文学の翻訳家であり、フランスの日本文化研究誌「ダルマ」で本作品を紹介しているドミニク・パルメ女史も、似たようにこの作品の古典性を指摘しています。現在ありがちな「ポストモダン」的な作品とは対照的に、たとえば井上靖の作品になぞらえることもできるような、物語を通して普遍的な疑問を読者に投げかけてゆくといった伝統性を備えているという点を評価しているのです。

先のフラン女史は、この作品のもうひとつの感動的な特徴を取り上げています。それは、辻氏が今では珍しいくらいのクラシックな文体で、退廃的な場面でもエロティックな場面でも、常に美しさに包まれた、思いやりと人間性でいっぱいの人物像を作り上げてゆくというところです。「はかない美をふと感じる時に、永遠というものに触れたような気持ちになる、そんな気分にさせてくれた作品」と彼女は「白仏」の印象を述べています。

また、雑誌の「エル」は「白仏」がフランス人にとっての日本のきまりきったイメージ、たとえば「満開の桜」や「寿司」、「芸者」などの影さえもないような作品でありながら「別世界としての日本」に読者を連れて行ってくれるという点を評価しています。主人公「稔」の精神的な探求の道程につれて、読者も人生や愛、そして特に死に関する根本的な疑問を、まるで主人公になりきって抱くようになる、そんな「物語の力」を賞賛しています。

「記憶と愛の頌歌」

この小説は、物語の層が多重であり、というよりも層が混在しており、複数の読みを可能にしています。読者はこの小説の様々な解読の方法を頭に思い浮かべることでしょう。

稔という一人の男の面白い物語というだけでなく、人間の死、人と人との間に断ちきれない絆をつくる愛、そして記憶といったものを彼の目を通して考えることで、読者は人間誰でもが抱える運命の疑問を直視せざるを得ません。

一人の人間の物語を通じて、背景となっている世界の動きがよく見えてきます。そしてその背景を見ることによりまた、個人の人生もよく見えてきます。「白仏」は古典的な「物語る小説」としての不思議な力を持つ作品です。その力は、愛することとは何か、人はなぜ死ぬのか、存在を終えたものが記憶に留まることとは何か、といった人間にとって最も解決困難な謎にあえて付き合い、それに直面する方法に挑戦することを可能にするものでしょう。

哲学的な童話

この作品がフランス人にとって評価すべき作品となった理由の一つは、遠い日本の小島を舞台にしながら、フランス人の思想的な伝統によく嚙み合うものがあったからだと思います。新鮮さと親近感とが同時にあったのです。

16世紀の作家、モンテーニュも、「苦難（死）に従い、隣り合う」ことによって、苦難に対してある種の「解脱」を図ることを考えていました。追い払うことではなく、受け入れること。「白仏」の主人公、稔が一生をかけてやってきたのも、まさにこれと同じことだったでしょう。己の存在のはかなさを思い知りつつも、それでもなんとか「過去」（亡くなってしまった人々）と、「現在」（今生きている人々）と、「未来」（これから生まれてくる人々）の間に絆を作ろうと努力する稔。彼の作る仏像は、確固とした永遠の存在と、愛した人々を結局は心の中にしか留めておけないというはかなさを象徴しています。

また、20世紀の哲学者、イアンケレヴィッチは「死に対しては勝利も敗北もない。なぜなら死は破ることも手なずけることもできない相手だからだ」と言っています。主人公の稔は、そのことを知りつつも、それでも自分の力でなんとかできないものかと苦心を重ねます。「白仏」はこのような意味で、哲学的な小説、あるいは哲学的な童話と呼ぶことができるでしょう。

主人公の稔が彼の一生をかけて私たちに見せてくれるのは、フランスの哲学者パスカル・ブルクネルの言葉を借りれば「生きる術。自らの不運を知る知恵を持ちつつ、人生を放棄するという誘惑の深淵から生還する術。耐える力を持つことにより、苦痛と共に生き、苦痛に立ち向かう術」ではないでしょうか。

あまりこんなことを言うと、難しい読み物と思われそうで困ります。なぜなら、辻氏の作品のもう一つの長所は、その読み易さにあるからです。作家は物語の面白さを何気なく前に出し、読者を引っ張っていきながら、そのような人生の疑問を柔らかく投げかけてくるのです。「白仏」の主題は確かに「逃れることのできない死の不安と共に生きていくこと」ですが、読んでいてこちらの気持ちが暗くなることはありません。そして

読後の後味も辛いものではなく、むしろ安らぎに満ちています。これは、この作品が死

をテーマにしているというよりも、逃れることの難しい運命を受け入れる主人公の、生

命力に溢れた積極的な好漢ぶりが描かれているからでしょう。

舞台となっている時代は過去であっても、この作品の印象はとても現代的でもありま

す。もう一度、ブルクネルの言葉を借りるなら、「現代の我々の社会において感じられ

る一つの傾向」とこの作品の主題が無関係ではないからです。ブルクネルは続けます。

「不幸や死には昔から変わりがない。（科学が見せてきた夢想から、我々は目を覚まさな

ければならない。）しかし、不幸や死は相変わらず存在しつつも、それに対する意識は

今や変わりつつある。それらはただの不可避的な悲運ではなくなり、我々の人生に絡み

合い、それから切り離すことのできない、いわば人生の分身として認められつつあるの

だ。」

時代や国境を越え、心の静けさへと至るプロセスを描くことで平静のメッセージを発

するこの「白仏」の試みは、普遍的な価値をもつものと言えるでしょう。

（東京にて、２０００年６月）

（フランス著作事務所取締役）

掲載誌　「文學界」一九九七年七月号
単行本　一九九七年九月　文藝春秋刊

文春文庫

白《はく》仏《ぶつ》

定価はカバーに
表示してあります

2000年8月10日　第1刷
2002年2月5日　第5刷

著者　辻《つじ》仁《ひと》成《なり》

発行者　白川浩司
発行所　株式会社　文藝春秋
東京都千代田区紀尾井町3-23　〒102-8008
TEL 03・3265・1211
文藝春秋ホームページ　http://www.bunshun.co.jp
文春ウェブ文庫　http://www.bunshunplaza.com
落丁、乱丁本は、お手数ですが小社営業部宛お送り下さい。送料小社負担でお取替致します。

印刷・凸版印刷　製本・加藤製本
Printed in Japan
ISBN4-16-761202-X

文春文庫

エンタテインメント

（　）内は解説者

褐色の祭り（上下）
連城三紀彦

平凡で退屈だった夫の隠された過去を知り、妻は死んだ夫に初めて興味を抱く。二十年後、息子は父と酷似した人生をたどる。歪んだ母子関係の果てに繰り返される悲劇。（香山二三郎）

れ-1-9

新・恋愛小説館
連城三紀彦

新婦の前夫を披露宴に招いた新郎（「冬の宴」）、同じ香りの二人の女と関わった男の不安（「白い香り」）など傑作短篇集。「緋い石」「落葉樹」「枯菊」「彩雲」「青空」計十篇収録。（濱田芳彰）

れ-1-11

牡牛の柔らかな肉
連城三紀彦

生活に疲れ、行き場を失った男たちの駆け込み寺となった津和野の尼・香順の庵。男たちから得た金で「世間のために世間を騙す」彼女の正体は聖母か、希代の詐欺師か？（香山二三郎）

れ-1-12

前夜祭
連城三紀彦

妻と関係を持った会社の元部下に離婚届を託して失踪した男の本心は？　表題作など男と女のミステリー集。「夢の余白」「裏葉」「薄紅の糸」「黒い月」「遠火」他二篇収録。（日下三蔵）

れ-1-13

退屈なベッド
落合恵子

仕事、夫、家庭、多くを抱えた女性たちにも恋愛は訪れる。その時の彼女たちの選択は。——表題作「ビタースウィート」「わたしを見かけたら」「危ない季節」「陽だまりの時間」ほか三篇。

お-11-3

スパイスの誘惑
落合恵子

恋に仕事に悩みを抱える女友達同士、飼い主と動物とのコミュニケーション、様々な絆の味わいを深めるのも折々の食卓。小説として料理の本として、二倍楽しい短篇集の下巻。（小沢瑞穂）

お-11-5

（　）内は解説者

星々の悲しみ
宮本輝

大学受験に失敗し、喫茶店の油絵を盗む若者を描く表題作他、青春を描き、豊かな感性と卓抜な物語性を備えた珠玉の短篇集「星々の悲しみ」「西瓜《すいか》トラック」「北病棟」「火」「小旗」他二篇。

み-3-1

青が散る
宮本輝

新設大学のテニス部員椎名燎平と彼をめぐる友人たち。青春の短い季節を駆けぬける者、立ちどまる者。若さの不思議な輝きを描き、テニスを初めて文学にした長篇小説。（古屋健三）

み-3-2

春の夢
宮本輝

父の借財をかかえた一大学生の憂鬱と真摯な人生の闘い。それを支えた可憐な恋人、そして一匹の不思議な小動物。生きようとする者の苦悩と激しい情熱を描く青春小説。（菅野昭正）

み-3-3

道行く人たちと　対談集
宮本輝

深い人生の歩みを通して語られる〝このひとこと〟を聞くよろこび。作品背後の生活と自らの使命と宿命を素直に語るさわやかさ。注目の小説家のすべてを伝える十の対話。

み-3-4

メイン・テーマ
宮本輝

悠々とたくましく、自らが選んだ道をゆく人々と、あるときは軽妙に、あるときは神妙に、人の生き方と幸せを語る心ゆたかなひととき。宮本氏の小説世界を深く知るための絶好の一冊。

み-3-5

愉楽の園
宮本輝

水の都バンコク。熱帯の運河のほとりで恋におちた男と女。甘美な陶酔と底知れぬ虚無の海に溺れ、そして脱け出そうとする人間を描いて哀切ここにきわまる宮本文学。（浅井愼平）

み-3-6

文春文庫　最新刊

青雲士魂録　津本陽
名人の境地とは何か。危機に逢う武芸者の士魂が燃える瞬間をたどる、真剣勝負の十二篇

紫紺のつばめ　髪結い伊三次捕物余話　宇江佐真理
江戸の下町に暮らす人人を描いて絶賛を浴びた『幻の声』に続く人気捕物シリーズ第二弾

剣と笛　歴史小説傑作集　海音寺潮五郎
著者が世を去って四半世紀。残された幾多の短篇から、選りすぐりの歴史小説を再編集！

彩月　髙樹のぶ子
愛をめぐる揺らぎと畏れ。人生の哀切を官能的な文章に結晶させた十二の蠱惑的な短篇集

冬物語　南木佳士
森の中には、生、老、病、死の様々な木が隠れている。人生を温かな視線で描く珠玉短篇

世紀末思い出し笑い　林真理子
これで愛人なんてバチがあたる？　大人気エッセイ〃今夜も思い出し笑い〃シリーズ第13

のほほん行進曲　東海林さだお
ショージ君、フカヒレ、イカソーメン、西へ東へ、のほほんスタイルの奥義を求めて大奮闘

無意識過剰　阿川佐和子
「そんなことまで書かなくても……」と母が憂う。大人気アガワの痛快日常エッセイ集登場

犬のいる暮し〈増補版〉　中野孝次
ハラスを失ってから五年。再び出会った愛犬。犬と過ごす老いの日々を淡々と、静かに綴る

てなもんやOL転職記　谷崎光
アポなし、コネなし、コワイモノなし！　OLから作家への階段をかけあがったナニワ娘

激闘ワールドカップ'98　フランスから見とおす2002年　後藤健生
悲願の初出場を果たした日本、優勝を決めたフランス。現地で観戦した著者が冷静に語る

昭和史と私　林健太郎
昭和の幕開けから昭和天皇の崩御まで――西洋史の碩学が捉えた世界史の中の昭和とは

規制緩和という悪夢　内橋克人とグループ2001
政府による規制はすべて悪なのか。小泉改革の「痛み」の実際がこの本を読めばわかる！

アジア新しい物語　野村進
アジアの各国に定住する日本人たち。彼らの目を通して見るアジアは圧倒的におもしろい

宮澤賢治殺人事件　吉田司
伝説と化した賢治の亡霊を葬り、デクノボーとしての賢治を再生させるスキャンダルな論

グルーム　ジャン・ヴォートラン　高野優訳
妄想に生きる孤独な青年の狂気と彼を取り巻く社会の狂気を描くサイコ・ノワールの極北

不死の怪物　ジェシー・ダグラス・ケルーシュ　野村芳夫訳
ドラキュラ、フランケンシュタインをもしのぐ幻のホラー大傑作、ついに本邦初訳なる！

ギャンブルに人生を賭けた男たち　マイケル・コニック　真崎義博訳
神をも畏れぬ不敵な奴ら――その名はギャンブラー。ギャンブルに執着する人間の悲喜劇